张心怡

著

骑楼上的六小姐

上海文艺出版社

图书在版编目（CIP）数据

骑楼上的六小姐/张心怡著. — 上海：上海文艺出版社，2020
ISBN 978-7-5321-7476-8

Ⅰ．①骑… Ⅱ．①张… Ⅲ．①短篇小说-小说集-中国-当代 Ⅳ．①I247.7

中国版本图书馆CIP数据核字(2020)第021779号

责任编辑：崔　莉
装帧设计：钟　颖
责任督印：张　凯

书　　名：骑楼上的六小姐
著　　者：张心怡

出　　版：上海文艺出版社
出　　品：上海故事会文化传媒有限公司
　　　　　(200020　上海市绍兴路74号　www.storychina.cn)
发　　行：上海文艺出版社发行中心（上海市绍兴路50号）
印　　刷：上海中华印刷有限公司
开　　本：889×1194　1/32　印张8.25
版　　次：2020年3月第1版　2020年3月第1次印刷
书　　号：ISBN 978-7-5321-7476-8/I · 5949
定　　价：32.00元

版权所有·不准翻印

上海故事会文化传媒有限公司　出品（00909）www.storychina.cn

上海故事会文化传媒有限公司所有图书可办理邮购，免收邮费(挂号除外)
汇款地址：上海市绍兴路74号(200020)　　收款人：上海故事会文化传媒有限公司出版发行部
联系电话：021-64338113
如发现本书有质量问题，请与印刷厂质量科联系 Tel：021-65376981

送给阿太　林淑玉

目录

瑞阿和珊阿 / 1

妙哇 / 29

温温恭人 / 63

幽灵 / 93

小梨园 / 119

山魈 / 145

骑楼 / 169

这是她们彼此知晓的,未曾流出的眼泪。

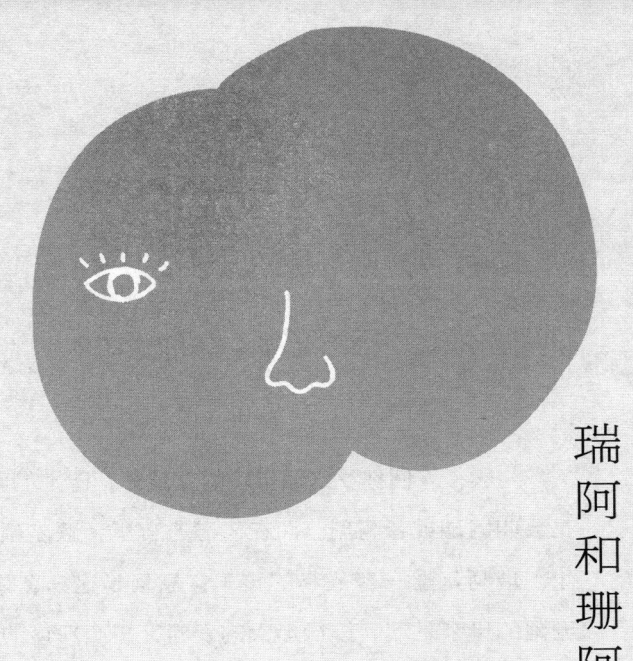

瑞阿和珊阿

一般，人们称呼这样年轻的女孩子，像她们俩一样，是会叫阿瑞或者阿珊。而在清濛方言里，顺序颠倒过来了。瑞阿是上一辈最小的孩子，珊阿是这一辈最大的，珊阿的母亲是瑞阿排行最大的表姐，按照严谨的辈分来讲，珊阿该叫瑞阿小姨。然而她们只相差三岁，瑞阿作为清濛市最好的公办小学的毕业生代表，在红旗下讲话的时候，珊阿在城乡接合部的小学，和农民工子女挤在同一间危房里。教室被一分为二，一边在上二年级的音乐课，另一边，老师张着口型讲三年级的算术。珊阿瞪大了眼睛，努力分辨着口型与口型之间细微的差别。瑞阿下课时间早，尽管不顺路，她却常去学校门口等珊阿放学。每天，瑞阿溜着眼睛，把珊阿的着装从头到尾地瞄一遍。她说，你有三天没换衣服了，你知不知道。有吗？珊阿说。三年级的时候珊阿刚刚近视，一低头，眼镜就往下滑。第四天珊阿还是穿了同样的衣服来学校，于是放学的路上,瑞阿一路都没有和她说话。走到书店的门口,珊阿说,我到了,你回去吧。瑞阿走了两步,又回过头来,她说,我有很多旧衣服,我都送给你吧。

瑞阿说这句话的时候,那种咬着牙恨恨的表情,珊阿都看在眼里。然而珊阿拉开书店的玻璃门,手臂僵了一下,瑞阿却没有发现。珊阿的母亲在书店里当临时工,她看到瑞阿来了,平日里总是很疲惫的面容,绽放出了笑容。她说,瑞阿来了,你进来坐坐啊。坐,其实就是坐在冰凉的大理石地面上。珊阿痴迷于阅读小说,把头埋进了书本里。而瑞阿在翻旅行画册,翻了几页,朝着天空打了一个哈欠。她盯着落地窗上自己的影子,在夕照的某个时刻,被打得透亮。她的身体扭动了一下,又扭了一下,她出了神。瑞阿仿佛意识到什么,有点惊喜,又有点哀伤,可是说不清。太阳在往西走,半黑半黄的时候,她把口袋里吃剩的零食全部塞进了珊阿的书包,她说,送给你,不要告诉我外婆。她飞奔回家吃饭了。

一个小时之后,等母亲换班的人过来,她们母女俩,也会手拉手回到同一片国企职工宿舍。瑞阿已经吃完了饭,她一听到动静,从楼上的石栏杆上探出脑袋,倏忽之间,端着一盘菜,从楼上窜到了楼下。她说,外婆让我端给你们。珊阿母亲借着路灯的光掏钱包里的门锁,还在门廊里的时候,她就掀开了盖子,把头伸长着,看了看当天的菜色。瑞阿的外婆,就是珊阿母亲的奶奶,珊阿管她喊太婆。上世纪九十年代,太婆的身体还很健朗,瑞阿的父母还在这个国企里做高级工程师。暑假回清漾乡下,两个小姑娘在烈日下撑着阳伞,并肩站着。身高、身材都相似,那个时候她们曾经玩过一个游戏,亲戚们喊瑞阿的时候,珊阿应;喊珊阿的时候,瑞阿应。但珊阿很快就不干了,亲戚们整天喊瑞阿,几乎没有人喊珊阿。尽管当着太婆的面,他们都啧啧赞叹,真活脱脱就像一对亲姐妹。

  这样的日子很快就结束了。瑞阿开始发育,那天下午,她在书店玻璃窗前的那种模糊的预感,并不是空穴来风。隔年夏天,瑞阿把珊阿叫到了厕所里,她说,我的屁股在流血,我不知道怎么办。珊阿有点淡漠地看着她,她说,那不是流血,你发育了。珊阿停顿了一下,她又说,我在书里看来的,你和我,我们迟早都要发育。噢,发育。瑞阿迷茫地看着她,保持着那种悲苦的神情,似乎她被某种不幸的命运挑中了。

  发育后的瑞阿褪去了婴儿肥,像某种挺拔修长的植物，生长的时候速度缓慢，到了春天，则开始渐渐显形。

十六岁，瑞阿按照清濛本地的习俗，举办了隆重的成人礼。她浑身戴满了黄金制品，穿梭于酒桌之间敬酒，这是清濛人家庭财力的象征。珊阿坐在许多张酒桌中的一张，透过近视镜片，神情淡漠地看着她。沉重的金项链把她的皮肤磨得发红，那雪白的、汗津津的脖子，爬满了细腻的黑色绒毛。身上的衣服都汗湿了，裹紧了胸部。胸部，它们一定不是一夜之间生长出来的，珊阿想。当瑞阿俯身的时候，那日后深陷的凹槽，已经初显天资。

随着年岁的增长，瑞阿好像毫不费力地拥有了一些新的优势。每周六，瑞阿的外婆上麻将馆参加聚会，开始有男孩子的脸出现在阁楼的石栏杆后面。有一年夏天，珊阿看到一个男孩在厨房里笨拙地做三明治，他顺便问她，你要不要也来一个，把手指头伸进嘴里舔了一下。另一年，有一个年纪稍长的男孩，穿着高中校服，带她们去清濛郊区的公园兜风。瑞阿叫他哥哥的时候，珊阿突然很想发脾气。路程漫长，气氛有点尴尬。后来，他请她们俩在麦当劳里吃圣代，珊阿突然说，你不是一直不来月经，你还敢吃冰，这不像平日里的她。瑞阿盯着她看，然后她说，偶尔吃吃没事的，我又不怕胖，我吃不胖。微胖的珊阿抬起头，在她眼里一闪而过的感情也许更加复杂些，但瑞阿扭过了头，她说，哥哥。

珊阿的生活像一场缓慢的拉锯战。十六岁那天，母亲提早从书店下班，钻进厨房给她炒了一盘面线。花蛤、蛏子、海蛎、鱼丸，还有两个大大摊开的太平蛋，大汗淋漓的母亲问她，好不好吃，她突然之间就不想说话了。过了很久，她亡羊补牢地说，没想到这么好吃。什么叫没想到？母亲安静地收拾了碗筷。坐在昏暗的客厅里，人的影子都开始变得摇摇晃晃的，她有点后悔，但没有心痛。

她假装自己木讷、迟钝、冷漠、毫不在意。亲戚们都说，珊阿似乎只对学习感兴趣，是个知性的女孩子。她等待着跨过那三年的差距，或许也曾经期待过，会有一个男孩，比楼上所有出现过的男孩都更加出彩，站在楼下陈旧的木制窗框背后。她知道自己应该有的得体反应是什么，她反复练习、模拟，站在窗框旁边，瑞阿的表情必定有些惊讶，她则显得毫不在意。她说，我给你介绍一下，这是我的好朋友。

三年。时间轴慢慢地向前滑去，甚至有些不受控制地滑过去了。她终于明白了，前面什么都没有。没有，当然没有。

瑞阿二十八岁那年，珊阿向导师请了假，回清濛参加了她的婚礼。那是她第一次见到康康，尽管在写硕士论文的间隙，他已经在电话里被两个姑娘谈论了无数次。他举着酒杯，醉眼蒙眬地喊她，珊珊妹妹。她的胃里，恶心的感觉一层一层地往上涌，他远比她想象得要更加糟糕。她想起那些阁楼上模糊的面孔，那一阵，她常常做回到了那片国企职工宿舍的梦。有一天，她梦到康康站在石栏杆后面刷牙，还试图把牙刷伸到她嘴里面。过了不久她终于醒悟过来，瑞阿是奉子成婚。瑞阿说，我本来不想瞒你，你知道，我藏不住事情，我瞒得有多么辛苦。可是我怕你骂我。我也不知道是怎么回事。

我也不知道是怎么回事。

珊阿的生活像一场缓慢的拉锯战。她考上了重点高中，重点大学。她选择了中文系，研究生面试的时候，她显示出了惊人的阅读量。她后来的导师问她，你是从娘胎里就开始看书了吗？在厚厚的近视镜片后面，珊阿五官模糊的脸似乎羞涩地笑了一下，她说，差不多吧。所有人都以为这是一句玩笑话。

她也开始反复梦见那间上世纪九十年代的书店，落满灰尘的玻璃窗，映照出一个少女模糊的身影。远看像瑞阿，走近了又像珊阿。少女站起身来，她的腰身有些粗壮，眉头间显现出苦恼的神色。见到康康的那一刻，珊阿没有胜利的感觉。在瑞阿被达到高峰的孕期反应折磨得痛苦不堪的时候，她也在经历着心灵的折磨。终于有一天她拨通了瑞阿的电话，她说，嗯？啊？嗯……瑞阿说，你要说什么？在她们的孩童时代，当领先三年的瑞阿要述说一些难以启齿的身体变化时，她会先用这样的开头：嗯？啊？嗯……像一座桥，一个警示，一个开始的信号。珊阿说，我好像喜欢上了一个人，是喜欢，还是不是喜欢。

我也不知道是怎么回事。

瑞阿马上停止了怀孕期间令她烦恼的一切妊娠反应。这个故事并不足够精彩，但在她们之间，还是第一次。是什么呢？即使隔着电话听筒，珊阿也感觉到了她的兴奋。瑞阿是珊阿的小姨，最终还是要轮到她来给出一些人生的指引。这个学历和阅读量远在她之上的外甥女，关于男人，瑞阿说，我真没想到，你居然是幼儿园水平。

这是一场战斗，瑞阿是军师。她们的通话频率开始激增，从每月一次，到几乎每天一次。她们互相给对方道晚安，上一次这么做，还是在连微信也没有的诺基亚手机时代。三月份，上海的冬天还没有过完，珊阿随着同门的一群师兄师姐下课，她远远地落在后面。陶渊明突然把自行车的链条顺时针原地转了半圈，停了下来。他像是在等她，但也没有明显做出等她的样子。他顿了顿，显然想跟她说话，然后他说，嗯？啊？那个？你最近还跑步吗？

珊阿支支吾吾地在电话里复述着整个场景，那个时候，她在校园里走，风从围巾下面簌簌地灌进去，她觉得自己的脸在奇异地发烫。瑞阿说，他约你跑步了吗？珊阿说，没有。瑞阿噤声，仿佛托着两腮。珊阿似乎想扳回一局，情不自禁地说，他是个很沉默寡言的人，很——内向？不管她怎么描述，瑞阿听起来都不是很在意。瑞阿说，凭我对男人的了解，不管多么内向的男人，他只要喜欢你，都会主动的。凭你？珊阿还是坚持说，你不明白的，他不一样。

什么不一样？凭你？谈话也会有不欢而散的时候。最后珊阿问了问瑞阿的妊娠反应，瑞阿开始喋喋不休，边说边生动地模拟最激烈时的呕吐声。瑞阿开始笑,珊阿也笑了几声,但她觉得自己的笑声干巴巴的,电话里的声音听起来遥远而隔膜。最后珊阿说,先睡了,晚安。

  四月份。毫无进展,珊阿举不出什么更多的证据。她对瑞阿说,每次在微信上聊天,都是陶渊明先找的她。然后呢?瑞阿噤声,珊阿托腮。瑞阿问她,你们都聊些什么?文学,珊阿说。文学?电话那头,珊阿觉得瑞阿在笑,但她不十分确定。最后瑞阿说,你在这里猜来猜去,有什么意义?你约他出去试试看。

  珊阿躺在宿舍的床上,大概有一个钟头,盯着空荡荡的天花板。然后她开始浏览最近的电影、话剧、音乐剧的信息。在微信的聊天框上,她每天都在等着陶渊明问她,最近读了什么?每次聊到文学、艺术,陶渊明总是附和她,这给她一种感觉,她所喜欢的,他也喜欢。瑞阿开始用一种珊阿从没听过的语气说话。嗯?像是一座桥梁,一个开始的信号。发出提示,抑或是警醒。或许?或许,他只是把你当做志趣相投的朋友。

  陶渊明是广东人。第一次同门聚会,他被起哄唱了一首粤语歌,有师妹录了视频,私底下,她曾经听到她们议论他长得帅。第二次，一群人一起吃火锅，陶渊明主动坐到了上菜的位置，水沸腾了就下菜，茶壶空了就添茶。和她同住一屋的姑娘一回到宿舍里就嚷嚷，受不了了，我已经迷上他了。第三次，他在课堂上做了一个极为精彩的报告，但显得很紧张。他用带有粤语腔的蹩脚普通话，发不出"拉斯柯尔尼科夫斯基"这个人名，最后他说，我就简称"拉"吧。女人们笑倒了一片，有女人在群里直言不讳地说，你也太可爱了吧。

珊阿对此，并没有什么特别的反应。直到陶渊明推着自行车慢吞吞地走，问她，嗯？啊？那个？你最近还跑步吗？她盯着天花板，该约陶渊明看什么，才能够给他那种一击即中的感觉。毫无疑问，陶渊明会喜欢那种精神契合的女孩子。中文系有太多花枝招展的姑娘，而陶渊明喜欢和珊阿待在一起。她想，他也不一定非要和我讨论文学不可。他和谁，不能讨论文学呢？他那么沉默寡言，却喜欢和我说话。瑞阿说，这也有两种可能性。

凭你。

然而她不知道该选些什么，屡次点进付款，又退出页面。最好是公益票，像那种随手得来的闲置品，轻描淡写地问一句，要不要一起去？那么，总有退路可走。

总可以故作吃惊地说，我并没有那个意思，原来你想得这样复杂。可是最近总没有好戏，有一场粤语文化圈里的小剧场话剧，她想他大概会喜欢。但票价太贵，她即使舍得出血，但这就断掉了自己的退路。珊阿对瑞阿说，他那么敏感的人，一定会觉察到的。

隔天，瑞阿的电话就打进来了。她给她推荐了另一场话剧，演员是春晚会请来演小品的当红电视剧演员。改编的是经典作品，但珊阿看了一眼海报，就明白这会是一部用力过猛的戏。瑞阿在电话里侃侃而谈，听着听着，总是有哪里不对。珊阿知道她事先做了功课，像背书一样，她觉得有点好笑，但又不宜拆穿。瑞阿问她，你觉得怎么样。像中学时刚跑完八百米体测，她问她，我后面还有没有人？珊阿记得，她刚上中文系的那一年，假期回到清濛。瑞阿对她说，我最喜欢冰心先生的文章了，写得那么细腻，没想到他居然是个男的。

瑞阿问她，你觉得怎么样啊？

她情不自禁地说，挺好的。却没能顺利地把控住自己的语气。但她不记得电话那头瑞阿的反应了，她或许感受到了一些什么东西，多一点的东西，或许没有。

五月份。珊阿当然不会请陶渊明去看那一场话剧，她一直在等待着一场合适的话剧，却意外得知了陶渊明的生日。其实，不是意外。只是她照着农历的日子数，差点数错了。陶渊明在同门群里说，明天是我生日，我请大家吃鸡蛋仔吧。几个师妹约她一起给陶渊明买蛋糕。凑份子的时候，她有点心不在焉，在微信红包里多打了一个零。她对瑞阿说，这下我做不成蛋糕了，我连时间都约好了。瑞阿说，那换点其他的东西吧？饼干？瑞阿说，可以。蛋挞？瑞阿说，可以。巧克力？瑞阿说，可以。

瑞阿说，其实送什么是无所谓的，你不知道吗？

珊阿在快要零点的时候，来到了陶渊明的宿舍楼下。她拎着一个东西，她看着它，好像不太明白它是什么，它好像是和她无关的一个部分。夏天就快要来了，瑞阿说，清濛该死的台风季，上海刮风吗？不，她说，该死的上海还很冷。她在楼下的阴影里边搓手边走。她期待遇见他，期待看见他正好下楼倒垃圾，或者买夜宵。那么她就能够不给自己留退路，亲手交给他。她想打个电话给他，不分青红皂白地往他手里一塞，或者，她可以多说一声，生日快乐。对，这样得体得多，也很正常。

然而零点的钟声敲响了,她还是拎着一个古怪的袋子,呆呆地站在楼下。她打电话给瑞阿,怀孕后的瑞阿,九点就上床睡觉了,但那和她又有什么关系。瑞阿说,你别急。天啊,珊阿,你在哭吗?我从来没有见过你哭。我帮你搞定。我不会让他发现的。我发誓,他绝对不会发现。

这是瑞阿说话的方式。她发誓,用一种斩钉截铁的口气。瑞阿过完十六岁生日后的那个春天,有一次,她没有敲门就闯进了珊阿的房间。瑞阿拿着一副羽毛球拍,大汗淋漓,目瞪口呆地盯着珊阿看。过了很久,她说,我发誓,我什么都不说。

"说什么?"十三岁的珊阿仍然躺在床上,笑着说,"你以为我在干什么?你难道不知道我在开玩笑?"

在深夜里的十分钟之内,瑞阿就搞到了一个陌生地区的陌生电话。她拜托自己的一位男性朋友,打给陶渊明。电话里说,楼梯底下,有一个送给你的生日礼物,能不能麻烦你去取一下?珊阿想,男性朋友。但她没有开口问。或许是男性朋友,或许是瑞阿的某一个前男友。是那年夏天在清濛阁楼上给自己做番茄酱三明治的那个?还是偷了父亲的车钥匙,带着她们去郊区兜风的那个?一个从天而降的号码,陶渊明猜不到是她。珊阿在入睡之前,再三地安慰自己,他绝对不知道是她。

如果你不想让他知道,瑞阿在电话的那一头停顿了很久,她说,那么你这么做的目的是什么?

陶渊明回拨了电话,他说,你能告诉我是谁吗?

那个男孩子说,送东西的人说,你吃一吃就知道了。

停了一分钟,他以为他在吃。然而陶渊明说,这么晚了,先不吃了。谢谢。

谢谢。六月份,陶渊明在同门群里询问去崇明岛的有关事项,他说,想去看鸟。珊阿上网搜寻了一份完整的攻略,像中学里考地理的前一个晚上,把各个细节都摸排得一清二楚。然后她私信他,声称自己每年都去看鸟,今年也不例外。真是凑巧,她说,不如我们一起去?漫长的五六分钟,其实也许不过两三分钟,一分钟?他们聊天的时候,常常会有这种突然的中断,像是过分的谨慎和斟酌,字斟句酌。陶渊明说,谢谢你了。下一行,他说,好啊。

像松了一口气。

瑞阿问她,你们真的很熟吗?你生病了,他有没有关心过你？你喜欢的东西，他有去了解吗？你拜托他的事情，他会不会记得？你过生日的时候，他有什么表示吗？

瑞阿说，珊阿，如果都没有，那就不是了。

去崇明岛不可能当天来回，两天一夜，她有私心。所有人都以为他们是一对，晚上找住宿的地方，农家乐店主咧开嘴，边笑边推荐了大床房，陶渊明抢在她前面说，双人房吧。但珊阿对瑞阿说，他没有抗拒，没有急于澄清。瑞阿说，你想让他怎么抗拒？当着你的面？她说话的语气，又在开始变得陌生，急得多了。她边说，边干呕几声。珊阿说，你还好吧。她像被她强行拉上了台，珊阿只好临时找替补。她说了些安慰的话，她们没有再谈论陶渊明。九点钟，珊阿说，你快去休息吧，晚安啊。这时候，陶渊明刚刚进去洗澡。另外几条意外的微信消息蹦进来。有学妹问她，听说你们一起去崇明岛了，怎么回事？另一个跟她关系好的学妹说，不会从崇明岛回来之后，你们就在一起了吧？

不会从崇明岛回来之后，你们就在一起了吧？

他洗了很久，珊阿把卧室的电视声调小了，她听见他洗澡时的水流声，突然之间，有点想哭。夏天就快要到了，春末，有一次他们去游泳。他和她，还有无关紧要的其他人。她看到他的身体，完整地从水里站起来，修长苍白，没有赘肉。肩膀和小臂有小块的肌肉，肚子上潜伏着一团团细小而稀疏的绒毛。都是她喜欢的模样。

他湿着头走出来，水，把他的五官，他的身体，都洗得更加苍白。他说，浴室的喷头有点坏掉了，你过来看看。珊阿跟着他走进浴室，她盯着他裸露的那一段脖子，突然情不自禁地想要碰一下他。他让她站到前面来，说话的时候，鼻息都扑在她的头顶。他关门出去，她开始洗澡。水，身体在水下开始轻轻地颤抖，是，她不能习惯这种夏天到来之前的寒冷。她换上了一套新买的睡衣，露出她唯一引以为豪的锁骨。她看着镜子里的自己，时间几乎停滞了。她想，衣服很好，不是衣服的问题。

她在等着瑞阿问，你们？可是瑞阿什么也没有说，瑞阿等着她把故事说下去。好，那么，珊阿停顿了一下。这个故事——一个漫长的开头，逻辑混乱的中段，和仓促的结尾，瑞阿绝望地说，我最近孕吐得非常厉害，我大概是快要生了。是吗？珊阿说，她停了很久，她在想，接下来该说些什么好，但她没有接上。珊阿原来准备好的台词都被推翻了,她站在台上,瑞阿在台下,她看着她,瑞阿说,我们不要再聊陶渊明了,好不好?

好不好?珊阿说,好啊,那聊聊你的孩子吧。她想了想,只好问,你想要男孩还是女孩?

再没有机会了,她想。她没有说出睡衣的事情,她也没有说,他们几乎是身体贴着身体站在一起,重装了浴室的喷头。他在浴室里洗澡的时候,她闻了闻他汗衫上的气味。她把旅行箱夹层里的避孕套拿出来看了看,又放了回去。她能说什么呢?他们一起看鸟,崇明岛夏天的芦苇丛,未成年的螃蟹,农家菜。连这些也不行,珊阿谈了谈她仅有的生育知识,和对这个性别未明的孩子的期待。但她的声音听起来干巴巴的。瑞阿一直善意地等到珊阿说完,她或许感到了一些什么,多一点的东西,或许没有。

最后瑞阿还是说,忘了他吧,珊阿,我不想看到你受伤害。

珊阿笑起来,然而她可怕地听见自己的笑声多么勉强。中学时代,她长跑第一,然而跳高是最后一名。她跑到杆子前,就会不由自主地停下来。往上跳一跳,试图说点什么,比方说,开个玩笑?自我嘲弄?

你难道不知道我在开玩笑？

然而她已经躺在了被子里，在一间陌生的、崇明岛上的农家乐客房。穿着新买的、暴露出锁骨的睡衣，听着他沉重的呼噜声。她也没有说，那一个晚上，她一直觉得房间里像是有第三个人，瑞阿和他们在一起。她把枕头夹在两腿之间，慢慢地抚摸自己的身体，肩膀、乳房、肚子、臀部。她无师自通地发现了这种快乐，即使瑞阿比她大上三岁，当十六岁的她看到这个场面，还是惊讶得目瞪口呆。她浑身汗湿，背着一个羽毛球拍闯进房间，在玻璃窗前停了下来。那一点模糊的光亮，照着她，也照着她。瑞阿犹豫了一下，她说，你……你在干嘛？

珊阿抬起头，她舔了舔自己干燥的嘴唇。她试图笑一笑，放松自己绷紧的神经和肌肉。你难道不知道我在开玩笑。

十六岁的瑞阿，穿着运动服站在玻璃窗前。她身体的汗味，充斥着整间屋子。她脱下鞋，袜子在地板上犹犹豫豫地摩擦着。她做高级工程师的母亲，在这一年，给她买了丝袜和钢圈内衣，却严厉禁止她开这种玩笑。

那是瑞阿第一次用那种陌生的语气对珊阿说话。器官会堵塞的,她说,那要开刀,弄不好,她停了停,嗯?你会死的。

十六岁的瑞阿瞪大了眼睛,看着十三岁的珊阿。她忧心忡忡地说,你会死的。

冰心。冰心先生。

从瑞阿十六岁那年,往回数,在她们更小的时候。她们一进屋子就脱袜子,上完体育课后,满屋子的脚臭味。一群姑娘,瑞阿和珊阿,还有一些瑞阿的同学、珊阿的同学,她们相互之间挠痒痒,在床单上滚成一团。一个年纪最大的女孩子,脱下了裤子给她们看她的阴毛。因为稍稍欠缺营养,那时候珊阿是唯一一个每个月屁股上不会流血的人,她却满不在乎地说,我在书里都已经读到过了。她低下头来扶眼镜,来掩饰她的失落和忧伤。那些在书店地板上度过的日子,使她显得有些奇怪,有点另类。

冰心。冰心先生。

除此之外,她从来没有赢过她。可是对于瑞阿来说,冰心是谁一点也不重要。瑞阿喜欢把她收到的千奇百怪的情书给珊阿看，那时候珊阿在文学上已经初显天赋。她能够一眼看出其中任何拙劣的模仿和摘抄，瑞阿随口说，你这个阅读量，有点吓人啊。她还喜欢对她谈曾经的风流韵事，某个追着她跑的小伙子。"听着，我一定要告诉你这个，太滑稽了——"可是一直听到了末尾，珊阿也没有听到任何真正滑稽的故事。她只好开玩笑说，如果这是一道语文命题作文题，你是要不及格的。

有一次，瑞阿看着珊阿的掌纹，她说，我最近学的，我来给你算算命。嗯？你会成为一个大学教授，你最终还是会有个丈夫的。四十几岁会生个小孩。你想要一个男孩还是女孩？

男孩。珊阿粗声粗气地说。

她没有意识到这是个恶毒的玩笑。

天还没有亮。崇明岛上，响起来第一声鸟叫。她有一种强烈的预感。她想，故事就要结束了，不是在这里，就是在这附近。她默念书中的话，"爱不是强取豪夺，它知其进退。不危及任何东西，却似涓涓细流，若地下源泉，绵长悠远"。

瑞阿看着她，她现在就在眼前。她在笑她，用那种她所熟悉的方式，直言不讳，她说，男人和女人，不就是那么一回事，什么乱七八糟的。你是不是读书读傻了。

她说，我早就说过了，凭我的经验，他可能不是喜欢你。她说，可能。但她用的是一种斩钉截铁的口气。

她说，忘了他吧，珊阿，我不想看到你受伤害。

七月份，几年后的七月份，珊阿在写博士论文，回到了清濛。她借住在瑞阿家里，为了给自己的论文一个结尾，与瑞阿、康康和他们六岁的女儿朝夕相处。那一年夏天，康康刚好从部队里退伍。失去了部队里的官衔和身份，又一时没有找到合适的转业工作，他每天负责接送女儿上补习班，以及包揽了家里的家务。康康的饭做得心不在焉，但每一顿坐到餐桌前，珊阿都强迫自己发出违心的赞美。饭菜变得越来越简陋，到最后干脆没有了肉。当然不是因为经济的原因，她劝慰自己，这或许是因为康康节省的生活习惯。有一次晚饭，是清水面条，几颗番茄里面漂浮着一些腊肠，珊阿进厨房拿碗筷的时候，偶然间看到康康不停地往女儿的碗里夹腊肠。于是吃饭的时候，珊阿说，我吃不了这么多，我减肥呢。

小姨夫，我先拨给你一点吧。于是她把番茄和腊肠都拨到了他的碗里，他也不客气，端起来就呼啦呼啦地吃。珊阿说，这个面条好吃。瑞阿也吃着碗里的面条，自始至终一声不吭。从小，她就比较迟钝。她或许感到了一些东西，多一点的东西，或许没有。

几年前，康康在部队里就已经是连长了。牵线的亲戚说，你别看他家里穷，人是非常优秀的，完全没有背景，走到今天都是靠他自己。最重要的是，他入赘，他自己和他家里都没有意见。瑞阿对自己做高级工程师的父母说，随便你们吧，随便都行。那时候她刚刚结束一段漫长的恋情，心碎欲裂，每隔一阵子就往上海打电话，邀请珊阿来清濛过寒暑假。

那一年暑假，珊阿真的住到了瑞阿的家里，然而她已经开始了新的恋情。她们一起去理发店里做头发，瑞阿坐在理发店里，卷着满头的卷发夹，看着她，胸有成竹地说，我就是要晾他几天，看他来不来找我。

她骄傲地昂着头，撅起嘴。珊阿则默不作声地坐在旁边的凳子上。

第二年夏天，珊阿回到清濛，正好赶上瑞阿盛大的婚礼。瑞阿家包办了婚礼的大部分费用，五星级酒店，租来的豪车，最好的婚庆公司，细心规划过的菜单。最引人注目的是清濛乡下亲戚有史以来最大的红包，然而还是有一些人在红包上退缩了。有另一些亲戚，闹出了不太得体的笑话。穿着高端定制旗袍，身上挂满黄金饰品的瑞阿咬着牙说，吝啬鬼，穷亲戚，我一辈子就结这么一次婚。珊阿还是默不作声地坐在一旁，这一次，她们都有点闷闷不乐。

　　博士论文差不多完稿的那天，瑞阿说，你终于写完了，今天我不上班，我们一起去逛街吧。瑞阿说，你有没有什么想买的？珊阿说，倒也没有。瑞阿说，其实我也没有，但我要去找裁缝改一件裙子。于是瑞阿从一大早就开始换衣服、化妆，到了接近中午的时候，她们俩一起出了门。她们走了很远的小路，绕到了那家著名的裁缝店门前，门关了。瑞阿自言自语地说，说不定早上没开门，有的时候是这样的，不急，我们先去吃个午饭。

　　她们绕过了街边的小吃店，进了百货商场。在一家新开的潮牌餐厅前，瑞阿说，就是这里了，这里很好，我常来吃，今天我请你。然后瑞阿开始点菜，珊阿说，够了,我们吃不了这么多。瑞阿说,不够的,我一个人就能吃这么多。珊阿说,这家店好贵。瑞阿说,干什么啊,我请你啊,想吃就吃啊。

点完了菜,瑞阿抬起头来盯着外面的太阳看。她突然说,你记得吗?小时候,我去书店里找你,每天都给你送零食。

珊阿说,我记得,你把吃剩的零食都给我,因为怕被你的外婆发现。

不是的,瑞阿说,我每次都多买一份。

过了一会,珊阿补充说,那时候每天晚餐桌上,最好的菜也都是你端下来给我的那一盘。想想看,那时候真是穷啊。

她以为瑞阿会说,那不是剩菜,那是我特地留给你的。可是瑞阿什么也没说。

她们吃完了饭,又去了一次裁缝店,店铺还是没开门。瑞阿说,今天怕是不会开了,真是倒霉啊。于是她们又绕回了商场,瑞阿问她,你有什么想买的吗?我买给你。珊阿说,暂时想不到。于是她们在商场里漫无目的地走来走去。珊阿说,是不是你想买什么?瑞阿说,也就是随便看看，其实我昨天刚来过。珊阿说，那我们去小公园走走吧。瑞阿突然显得兴致很高，她说，好啊，我怎么没想到，好久没有去了。

瑞阿走在前面，珊阿走在后面。珊阿本可以说点什么，某句富于同情的、通常该说的话。然而她觉得她们之间，已经不需要这些。瑞阿穿着细长跟的高跟鞋，她脚踝的地方，已经磨得有些发红。珊阿想，那大概是新买的鞋子，或许就是昨天在商场买的。珊阿想问问她脚痛不痛，要不要休息一下。她无意间看了一下时间，已经四点半了。珊阿说，小姨。

瑞阿转过头来，她看着她。

珊阿说，四点半了，小公主要从补习班下课了，我们要不要回去？

瑞阿说，不急啊，有她爸爸呢。

珊阿笑了笑，你不是要辅导她功课的吗？小姨夫要做饭呢。

瑞阿说，不急啊，我们再坐坐。

于是她们真的在公园里坐了下来。在街边的石凳上，瑞阿把高跟鞋脱下来，脚踝那里已经肿了。她说，痛！然后做了一个鬼脸，将脸微微地侧过来。瑞阿说，晚点回去好了,难得一起出来一趟呢。瑞阿又说,早知道去看电影了,我已经一整年都没有看过一部电影了。

瑞阿一直坐在那里,喋喋不休。珊阿则默不作声地坐在一旁。最后瑞阿说,嗯?你还记得那一年你喜欢过的那个男孩子陶渊明吗?你还请我当军师来着。

珊阿说,嗯。

你后来去表白了吗?

珊阿说,去了。

陶渊明怎么说啊?

他说,他想独身。

瑞阿说,这种鬼话你也信啊。

她将脸完全地转了过来,太阳光已经要磨灭了,还剩一点点,最后一点点,都流动在她的脸上。她在笑,皮肤松弛了,眼袋垂下来,珊阿想,多好啊,迟早有一天,她们俩,都会扯平的。那时候,她们又可以玩那种无聊的游戏,别人叫瑞阿的时候,珊阿应。别人叫珊阿的时候,瑞阿应。她也笑了,珊阿说,是真的挺好笑的。

珊阿说,你当我傻啊,我当然不信了。

发表于《上海文学》2018年微信"新人场"

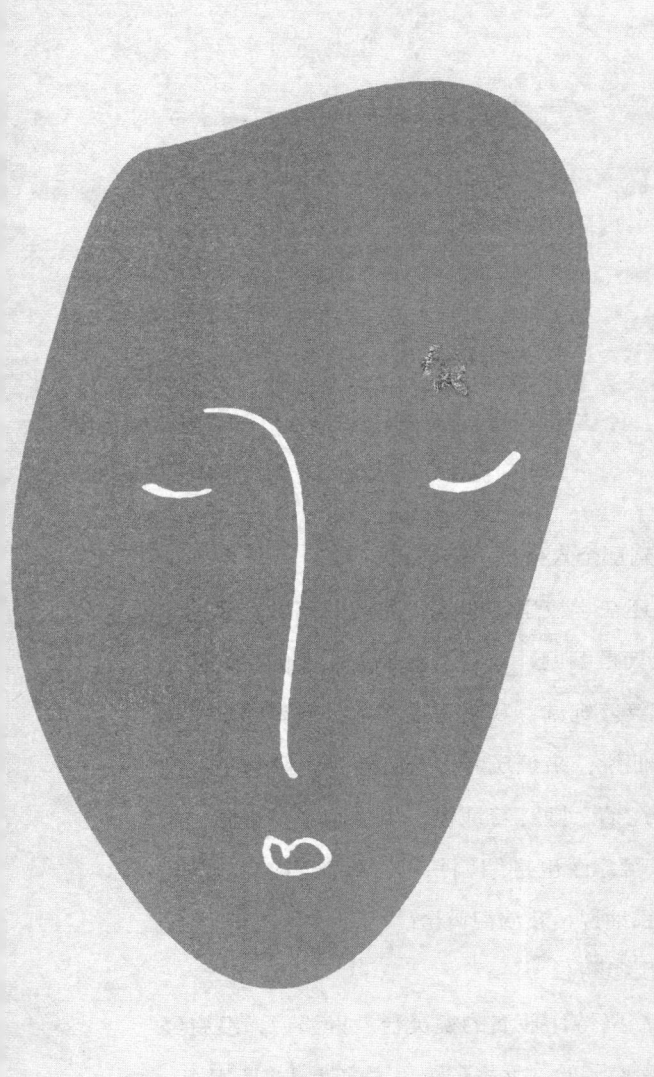

妙哇

一

　　珊珊没想到那个人会是小昭姐姐。

　　几年前，还在学校里的时候。陶渊明问她，我们剧组很缺人，尤其是编剧，你有没有兴趣和时间，说完略带抱歉地笑了笑。她说，我没写过剧本，我写的都是小说。没事啊，他说，来玩玩嘛。他盯着她，眼睛里亮晶晶的，像是个邀请。她盯着地板，用脚画了一个圈，半个？她说，好啊，你也是编剧？不，陶渊明说，我嘛，他有点不好意思地说，我演祝英台。

　　珊珊说，反串啊。

　　据说是导演坚持让他演的祝英台。导演说，没有经验不要紧的，没有经验，才好玩嘛。导演就是小昭姐姐。

　　小昭姐姐是珊珊的学姐，她属于那种在集体合照中能够被一眼认出来的女孩子。毕业前,她申请到了美国某知名院校全额奖学金的艺术史博士,这成了全系的新闻。这是高珊珊一届的毕业大戏剧组,剧组里所有的人都知道,导演喜欢陶渊明。小昭姐姐想演梁山伯,然而编剧珊珊说,我们是话剧改编,必须要有个马文才。要又贵气又霸气的女生,人选远比梁山伯难找。她说完,其他人都没有再说话。那意思是,你看着办吧。有人私底下对珊珊说,导演为什么要演梁山伯,你不知道吗?珊珊说,知道啊。第二次开会,珊珊直接说,导演,你要不要试试马文才的戏。小昭姐姐站起身来,把毛衣的袖管捋直了,她说,那我来试试吧。没有悬念的,小昭演了马文才。珊珊问陶渊明,你看我选的角好不好。陶渊明说,挺像个角,不错的。是开玩笑的语气。

在剧组里的日子过得很快,她还是失眠了。断断续续地,她梦见她和小昭姐姐,她们俩,站在相邻的两扇镜子前,穿着同一件大衣。她微微地侧着眼睛,在另一扇镜子里看见她在笑。小昭姐姐说,你看,我果然是胖了,我一到冬天就发胖。珊珊没吭声,她的眼珠转了一转,你还是很漂亮啊。这是句真心实意的赞美,说出来却很平淡。小昭显得挺高兴,她说,漂亮什么啊,你眼瞎吧。珊珊说，你买吗？不买我们干脆脱了吧。

她们俩挤到同一个试衣间里。她脱了衣服，小昭姐姐目不转睛地盯着她看。她突然说，珊珊，你好可爱。

珊珊的身体，不由自主地抖了一下。

第二天早上，珊珊对着镜子说，"我胖死了。"从前，珊珊也常常说这样的话，但这一次，没有人注意到她语气的变化。

她想减去一些体重，不吃晚饭。半夜里，有时会被饿醒。更多的时候，伴随着各种各样奇奇怪怪的梦。有一次，她看到陶渊明穿着梁山伯的戏服，走到院子里，向着天空，得意地微笑。嘴上痴痴傻傻说的却是，"可惜你英台不是女红妆"。"十八相送"整场戏，这一句，祝英台的心跳得最厉害。第二天，她对陶渊明说，我梦见你了。让她没想到的是，陶渊明也对她说，我也梦见你了。他们俩坐得很近，挨着对方，她能闻到他身上好闻的气味。陶渊明说，我梦见你变成了一只鸟，从我的袖子里飞出来。她听完之后，咯咯咯地笑起来。小昭姐姐在前面给梁山伯讲戏，但她觉得她的眼睛时常往这里溜过来。因为她在偷看他们，她也在偷看她。珊珊很雀跃地问他，是什么鸟？

斑尾塍鹬。

第二天陶渊明也和小昭姐姐谈起了鸟，某个画展。画展评论，这是小昭姐姐的强项，似乎，他们俩聊得很投机。剧组里零星的几个人，一起散戏回去，陶渊明和导演落在了最后面。她不知道她们说了什么，身旁的姑娘在说笑话，她满脸期待地盯着珊珊，珊珊看着她，笑了笑，但迟了几秒。鸟、画派、画展、南京东路，她的心开始扑通扑通地跳。有人附在她的耳边说，你看看他们两个？她意味深长地回过头去，看着他们俩，一片夜晚的大雾。

在梦里她常常看到雾，她和陶渊明，在雾里走。尽管剧组的排练很忙，她还是约陶渊明去看了好几场戏，话剧、越剧、昆曲，陶渊明都说，好啊，我有空的。有一次回来，下大雨，他们俩共撑一把伞，紧紧地靠在一起，过了一会儿，她发现他的半边袖子已经湿掉了。她说，你把伞偏过去一点吧。他说，我没关系的。当天晚上珊珊没有睡着，在黑暗中，她睁着眼睛，然后掏出了手机。在知乎的搜索栏里，珊珊输入，如果一个男孩子帮你打伞自己却湿了，这个表达，实在是有点乱七八糟的。知乎上的回答都是,遇到这样的男人要抓牢啊。或者,那么他一定是对你有意思。珊珊觉得自己的脸红了。

"我只道天下男子一般样,难得他……"

可是他们认识了好几年了,成为亲密的朋友,也已经过了很久。他也曾说过她像其他的鸟,随他心情的。他写的诗歌里,出现了太多鸟。周末,他和导演,单独两个人,去看了有鸟的画展,她也是后来才知道,他当然没有必要告诉她。只是第二天陶渊明问她,有没有感冒药。她才知道,就是在昨天,他们俩一出地铁口,就开始下雨。珊珊知道,他的慢性鼻炎又发作了。她说,有啊,然后骑着车去了药店。他的话一向很少,他说,谢谢你了,珊珊。

"梁兄啊,英台若是红妆女……"

隔天,在剧组里,吃饭的时候,珊珊挨着小昭姐姐坐。她说,昨天的画展,听说很美,下周我也找机会去看看。小昭姐姐转过头,边说话,边在嚼着一根鸡腿骨。嚼完软骨,连硬骨也在她的牙齿间被嚼碎了。她说,陶渊明他说好吗。不过,我觉得很一般呢。

梦总是最好的东西。在梦里她或许曾经有机会看到过真相。她梦见一大片深冬的芦苇丛,长在干燥的高地上。萧瑟的金黄,远处是绿色的沼泽,像绿豆汤。每年冬天,陶渊明都会去崇明岛观鸟。那一年,她本来想说,不如我们一起去吧。可能是有点忐忑,她事先就梦到了崇明岛。她和陶渊明紧挨着,站在冷风中,他们俩,背着旅行包,在清晨里等待鸟起飞的时刻。芦苇开始摇动,陶渊明掏出了望远镜。过了一会儿,他递给了她,她看了一眼,遗憾地说,已经飞走了。飞走了吗?他说,有点手足无措。回去的路上,他一直在介绍那种鸟,白头鹎。很活泼,不怕人的,头上的白色,就像戴了一个冬天的耳套。她边听边点头,觉得自己虽然对鸟一无所知,如果愿意花点时间研究一下,也会感兴趣的。

如果她不是那么迷恋他,她本可以发现,他可以早一点递给她。整个过程不过两三分钟,也许一分钟。差别不过十几秒,也许几秒。

五秒。小昭姐姐数完,从清汤锅里捞出一片胸口捞,裹了一层沙茶酱放入口中。每次散戏后,他们都会聚众去吃夜宵。有时是一群人,有时是几个主角,更多的时候,是他和小昭。陶渊明是广东人,小昭姐姐说爱吃粤菜,珊珊想,她真的爱吃粤菜吗?他带着她吃遍了附近的粤菜馆子。珊珊说,你们昨晚去的哪一家?是之前你带我去过的那家潮汕牛肉火锅吗？

过了几天，珊珊说，今天我也没吃晚饭，我和你们一起去吧。他们三人，去了一家通宵营业的广式茶楼。最后一道菜是乳鸽，珊珊很惊讶地说，谁点的乳鸽？

让珊珊吃惊的是，陶渊明说，是我。

珊珊说，你什么时候开始吃鸟了？

小昭插了嘴，鸡不是鸟吗？

陶渊明说，我给你们点的。乳鸽，这是招牌。

可是他还是拿起了第一块半只的乳鸽。咬了一口，他皱着眉头。小昭笑起来，笑到岔气，珊珊拍着她的背。

小昭转头问珊珊，你有没有看到他刚才的表情，他刚才……小昭还在笑，陶渊明吃不下去了，他举着那半只鸽子，脸又红了。

珊珊说，我说你不吃鸟的吧。

不知道为什么，珊珊把手伸了出去。几乎是情不自禁地，她把那半只乳鸽拿了过来，说，我来替你吃了吧。

她几乎是不假思索地就咬下去了。挺好吃的啊，她说。

小昭已经不笑了，她埋下头盯着菜单，她说，我们再点一些其他的吧，我还没吃饱。

表演那天，谈不上成功，也不算失败。陶渊明像是不在状态，说台词像背书。"梁兄啊，英台若是红妆女……"庆功宴，大家都喝了点酒，除了导演。小昭姐姐吃完了饭，说，我还有事，得先走了，改天大家再聚一次。她走了出去，很冷的天气，却忘了拿大衣。

散场的时候，陶渊明站起身来，拥抱了剧组里的每一个女孩子，然后独自一个人，坐在座位上一直笑。珊珊说，我送你回去吧。陶渊明抬起头来，盯着她看了好久，他说，好啊。

在出租车上，陶渊明靠在她的肩膀上，冷得微微发抖。他们的脸贴在一起，刚开始是冰碰冰，过了一会儿，就都被焐热了。陶渊明说，珊珊，你是我最好的朋友，我把我自己交给你了。珊珊盯着窗外，出租车的窗玻璃上，默默地结着窗花。珊珊想说点什么，张了张口，然而她只是伸出手来，捏了捏他的手。

你的手很冰，他说。

"梁兄啊，英台若是红妆女。梁兄你愿不愿配鸳鸯。"
珊珊用急躁而诡异的眼神望着他，他往后退了一步。

我没有想过,他说,他停下脚步,用脚尖在地上画了半个圈。我从没有想过,我们不是好朋友吗?

"贤弟越说越荒唐……"

珊珊站在那里,她本可以说,开玩笑啦,我都是骗你的。可是错过了某个节点,一切都变得无法挽回。那天晚上,陶渊明一直送珊珊到了宿舍楼下。临走的时候,他用宽厚的手掌拍了拍珊珊的背,一个友谊的表示,她原地抖了抖。他走了几步,又回过了头,珊珊,我们明天还是好朋友吧,对不对?

当然啊,珊珊说。"贤弟越说越荒唐……"她走回了宿舍楼里,也回过头,朝他招了招手。

他们都知道彼此在撒谎。珊珊在漆黑的楼道里停留了好一会儿,才走进室内。

二

天气预报里说,这是上海有史以来最冷的一个严冬。珊珊往妇产科医院里走,每走两步,小腹那里就抽搐似的疼一下。她问医生,吃那么多激素会不会发胖。医生看了她一眼,然后说,同样的问题不要一而再再而三地问了,每个病人要是都像你这样子……她走到检查室里面,实习生说,再去做个B超再来。

几年前,在校医院里做B超,医生问她,小姑娘读中文系的干嘛整天熬夜啊,你的子宫内膜太薄啦,跟刚发育的女孩子一样薄。珊珊说,我没有熬夜啊,没有的。医生说,那有没有乱减肥节食啊。珊珊说,没有啊,没有。医生安慰她,那暂时不要紧的啦,以后想怀孩子的时候,再好好调理一下身体吧。

B超室里没有灯,唯一的灯悬在头顶。白茫茫一片,打在珊珊的眼睛上,冷的,探囊器从她的肛门伸进去,冷的。医生说,什么毛病。珊珊说,不孕。医生对实习生说,你看这里,看那里,珊珊麻木地躺着。等她套上棉裤,是下一个患者进来,脱好了的光溜溜的屁股,腰细屁股大。她在门口停留了一会儿,低头看她的报告,等一抬头,她就后悔了。刚才的"下一个",她看着她笑,她则有点尴尬。那个时候,如果她们之中,有一个人反应稍微慢一些,都可以蒙混过去。可是她们几乎是同时认出了对方。

小昭姐姐。

是她先开的口,她说,好久不见啊,珊珊。

珊珊说,我结婚了。小昭咬住了干炸小黄鱼的头,把头咬下来,吐在了旁边的盘子里。她说,挺好的啊,做妈妈了吗?

什么?

你这么早就结婚了。小昭说,肯定做妈妈了吧。

珊珊惊异地看着她。她拣起一块小黄鱼,咬了一口,又把它的头浸入了面汤中。再捞起来,肉已经烂掉了。她说,还没呢。

她们喝完热热的面汤,走到外面,小昭把大衣的衬衫领子立了起来。她说,你老公的诗集,我每一本都有买呢,只是没有时间读。什么时候,你帮我找他要个签名啊。对了,珊珊,你当年不是要当小说家的吗?

她在说什么呢。

珊珊,你当年不是要当小说家的吗?

几年前,有一回,珊珊去天蟾看越剧,刚从地铁口出来,就遇到了大雨。珊珊问了一辆街边的三轮,价钱谈不拢,身旁的男人说,你也去那个地方吗?我也住那里,不如我们一起打个车。天色很黑了,珊珊租的房子,在很深的弄堂里。她不知道哪里来的勇气,她无所谓地说,好啊。后来这个男人,要一直送她到家门口,她也说,好啊。隔了一阵子,他们又在弄堂里遇到了,他说,那天晚上,你去看越剧的吗?我姆妈也特别喜欢越剧。珊珊说,是吗?其实我比较喜欢昆曲。他说,哦,但这些东西我比较少看,不过有机会的话,也很想看看的。会有机会的。珊珊闷闷的,她不想说话,也没有发出什么邀请。但他却突然很受鼓舞似的,他很突兀地说,其实,我挺喜欢有点文艺气质的女孩子的。

珊珊说,是吗。

珊珊结婚的时候,天气预报明明没有说会下雨,却突然地下了一场大雨。她穿着婚纱从租住的屋子里走出来,一个伴娘一松手,下摆沾上了一圈泥污,像烧饼的焦圈。伴娘慌了,珊珊说,没关系的啊,遮一遮就好了。敬酒的时候,她的公公婆婆说,我媳妇是名牌大学中文系毕业的,是写书的。你写过什么书呢?男方的亲戚朋友问她。口红干干地都沾在嘴唇上,她笑得很尴尬。她说,我不是写书的,我是写戏的。他们似乎对她更感兴趣了,什么戏呢?她说,就电视剧。不,电视剧也算不上,网剧吧。结婚那晚,忙完所有的事情,她觉得很疲惫。忽然之间,她问她丈夫,你觉得我是个什么样的人呢。她丈夫想了想,他说,就正常的人啊。

她好像也曾经问过陶渊明吧,如果她没记错的话,陶渊明的回答是斑尾塍鹬——即使随时都有可能葬身鱼腹,还是要在几万里的飞行当中把体重耗尽。

他在说什么呢?可是她也记得,她当时听了还挺开心的。

表白的那天晚上,在漆黑的楼道里,珊珊收到了陶渊明的信息。珊珊,你会讨厌我的吧。

珊珊说,不会的。

后来,他们真的没有再见过面。五年,她知道陶渊明还在写诗,出了诗集,开始在圈子里小有名气。她却没有再读过他的诗,这真是匪夷所思。她后来对小昭说,以前在学校里,我还会背他的诗呢。第二次见面,珊珊就开门见山,你以为我和陶渊明结婚了?你想到哪里去了。她们一起在冷风里走了一会儿,快要拐进剧院,珊珊说，我先生是上海人，什么时候，你到我们家里来玩玩。小昭没吭声，她甚至没有想要敷衍几句，毫无反应。忽然之间，珊珊觉得有些羞耻，所幸她没有转过头来，她看不到她的表情。

那天的戏又是《梁祝》。珊珊想，这是碰巧，还是小昭有意。梁山伯的角选得有些老了，再年轻俊俏一些，或许会更加憨厚可爱。"对牛弹琴牛不懂，可叹你梁兄笨如牛。"笑点都是一样的，这么多年，越剧的剧本基本没变。梁山伯一边读书，一边痴傻地问，贤弟你怎么有耳洞？观众照例是要笑一次。"十八相送"，梁山伯淡淡地嘀咕了一句，"可惜你英台不是女红妆"，祝英台掩着面，珊珊想，她该有多么心动。她最后说出那句"梁兄花轿早来抬"，还不知道以后的命运，但语气里，已经有了一种神秘的凄苦意味。珊珊想，可能是自己太入戏了。祝英台化蝶的时候，身旁的阿姨拿出了一袋瓜子，西特了，她说。珊珊突然间醒了，其实，这戏演得挺烂的。

走出剧院，小昭有点不好意思地说，我刚到这家剧团工作，常有赠票，我也是第一次来，没想到是这种水平。珊珊说，好久没看这出戏了，虽然演得不好，倒也挺有意思。珊珊抬起头，像是回忆起了什么，她说，过一阵子两个红角要来,你想看吗?下次我们再来看一次。唉?当年的那个版本吗?珊珊说,是啊。

她们一起走了一段,小昭说,珊珊,你觉得祝英台喜欢梁山伯什么呢?珊珊说,这种东西,说不好的啊。小昭说,爱上了就是爱上了吧。珊珊说,在长亭避雨那里,还没去杭城读书就先遇到了他,大概都是命吧。

小昭说的是,这很妙啊。

下一次算珊珊回请,她买的是公益票,她们一进场就往二楼爬。戏开场了,小昭从包里掏出了一个望远镜,珊珊吃了一惊,因为她的包里也装了一个。老戏迷了啊,看来都懂行的,小昭说。珊珊觉得她们无意之中好像又亲热了些。"十八相送",这一次演得好,又甜蜜又风趣,她们都情不自禁地往前倾了倾身子。肩膀碰在了一起,又往回缩了缩。无意之中,也是又甜蜜又尴尬的。剧场里光线昏暗,珊珊瞥了一眼,发现她的耳朵红通通的。"梁兄啊,英台若是红妆女,梁兄你愿不愿配鸳鸯。"出来的时候,小昭把这句话重复了一遍。她觉得她有些兴奋。她情不自禁地捏了捏珊珊的手,珊珊的手也很烫。小昭说,她真勇敢啊,她这么漂亮又勇敢,真是"我家有个小九妹,聪明伶俐人钦佩"。快到地铁口的时候,珊珊突然说，当年，演出结束以后，那一天，你不是也很勇敢吗。

她有点期待她的反应。小昭，她把大衣脱下来，搭在手臂上。里面是一件束腰的长毛衣，珊珊想起在B超室里见到的腰，她的腰。梦中，小昭从更衣室出来，她换上了一件祝英台的戏服，大家都惊呼起来，导演，你的腰也太细了吧。陶渊明的眼睛里亮晶晶的。珊珊看见了，她在笑，但她觉得心里有了个洞。

当年，陶渊明也对小昭说，我觉得你像鸟，珊珊听到了。她想，那个洞，或许在那里很久了吧。

她们要分别了。小昭可以假装没听见，她也可以问她在说些什么。但她没有停顿，或者思考、犹豫。她笑了笑，珊珊，其实我知道的，你也很勇敢啊。只是，都是命吧，是不是。

珊珊笑了，梁山伯吗？谁稀罕啊。

珊珊问她，如果你是祝英台，你嫁马文才吗？

小昭说，嫁的。

小昭主动打电话给珊珊，我这几天有空呢，什么时候可以去你家里玩玩。珊珊说，就今天吧，就现在吧。

那天,她丈夫是突然之间回来的,在门廊那里,他没有解鞋带,把鞋子直接蹬掉了。走进客厅里来,愣了一下,才看到小昭。珊珊走过去,把他的运动鞋摆进鞋柜里,才想起来忘了介绍。小昭已经站在那里和他谈笑风生了。珊珊站在昏暗的门廊里,没有点灯,眯缝起眼睛,越过他们的肩头,看到三个人的影子。

她丈夫有点尴尬地说,来了朋友也不说一声,我们晚上一起出去吃饭吧。小昭说,不用这么客气,我就想吃吃你们俩的手艺。她边说着边去揭桌罩子,揭开了,一股气味,一盘剩菜。珊珊说,哎哟。小昭笑了,你天天待在家里写剧本,都叫外卖的吗?珊珊说,不啊。她丈夫傻头傻脑地说,外卖不干净,我们都在家里烧的。小昭没有接着把玩笑开下去,否则珊珊就要说,是因为我们眼瞎啊。

她丈夫私底下问珊珊,我们去哪里吃比较好,要请她吃什么档次的比较好。珊珊说,吃粤菜馆子吧,具体的你来选好了。他还要说什么,她却用手势制止了他。她说,一会她要过来了,你别说了。其实,小昭一直坐在客厅里。

餐厅里,小昭说,我和珊珊,我们,是我毕业那一年，在毕业大戏剧组里认识的。他说，你们是唱昆曲还是越剧，她平常是挺喜欢看这些东西的。小昭说，我们当然只能演话剧啦。平时，你也看戏吗？他说，看的，也看过一点。我很喜欢那个戏，那个爱情故事。

珊珊马上接了口，《梁祝》，她说。

对，他点点头。

小昭说，啊？

他抬起头看着天花板，像是在回忆什么。珊珊，我们第一次约会，我约你看的，是不是就是《梁祝》？

那是几年前浙江小百花演的《梁祝》。珊珊对小昭说，那一版也挺好的。那天在剧院里，暖气开得很高，珊珊一直坐到满脸通红。到戏结尾，化蝶了，"花间蝴蝶成双对，千年万代不分开"。珊珊感觉到脊背开始发凉，她说，这真是个悲剧啊。

这本来就是个悲剧啊，她丈夫说。

珊珊转过了头，盯着他看。戏院里太暗了，他甚至不知道她在看他。"对牛弹琴牛不懂，可叹你梁兄笨如牛。"

站在弄堂门口，他给他自己提的亲：其实，我挺喜欢有点文艺气质的女孩子的。

妙哇 47

私底下小昭曾经问过她,你丈夫有抱怨过什么吗?没头没脑的,但珊珊知道她在说些什么。她说,那倒没有。小昭没有接着问下去,其实,她也知道珊珊的意思吧。珊珊有时候问自己,没有孩子,他也会遗憾的吧。他的灰心,恐怕不亚于她自己吧。查出不孕的那天中午,他在吃饭之前码齐了筷子,然后忽然说,奇怪,婚检的时候竟然没有检查出来。那一刻,珊珊觉得几年前的感觉又回来了,仿佛心脏那里,有了个空洞的风口。

小昭主动说,我也是不孕。不过,我可能比你还要麻烦。这里,她指着她的腰,其实,那或许不是腰,而是卵巢。有个很大的囊肿,她说。

是挺奇怪的,珊珊想起了五年前的那个梦。她和小昭,挤到同一个更衣室里。小昭看着她的身体说,珊珊,你不胖啊,我才胖呢。

她陪小昭去了医院。珊珊跟小昭说,不要怕,我在手术室门口等你。小昭在咬一颗冰糖橙,把所有的橙皮一块块咬下来吐掉。珊珊说,没有洗的啊。小昭说,没关系的。她又说,珊珊,放轻松嘛。

切除囊肿的手术进行得很快。珊珊还没反应过来,小昭就已经再次被推出来了。她穿着病号服,头发都被束到了一个类似于浴帽的病号帽子里。她突然兴致很高地说,来帮我拍张照吧,珊珊。

按下快门的那一刻,她再次做了个鬼脸。她把眼珠子翻上去,眼镜稍稍地滑落了下来,深红色的舌头,有一小截从牙齿缝间伸了出来。她可能是想做个鬼脸,但是珊珊的快门按得太快,那一张,她的表情有点尴尬。

珊珊说,啊?不难看,这张很妙的。不过,随你喽,再来再来。

到冬天快要过完的时候,她们一起去了崇明岛。暖流回潮,陆陆续续有鸟从南方飞回来。路上都是带了设备来观鸟的人,小昭也带了一个望远镜,她时而架在自己的脖子上,时而递给珊珊。她们看到了一种鸟,很常见的,额头到头顶是黑色的,两眼上方后那一圈雪白雪白。她却显得很兴奋。珊珊你快来,她说,你来,她快速地把线套在珊珊的脖子上。

你看那些白头鹎。抢先一步,她说出了它的名字。珊珊显得有点惊讶。

回去的路上,小昭和珊珊说起了这种鸟。很活泼,不怕人的,头上的白色,就像戴了一个冬天的耳套。

她们去的时节,刚好也是冬天。枯黄的芦苇丛长在很高的地方,从根部开始微微返青,沼泽里的绿水混沌着,像绿豆汤。

珊珊说,你对鸟感兴趣吗?懂得这么多。

小昭迟疑了一下,她说,不怎么感兴趣。

当天晚上,熄灯之后,她们俩躺在一起。大床房,暖烘烘的被子,开到了顶点的空调,小昭突然笑了一声。她说,珊珊,和你在一起,总是让我想到以前。之前有一次,我们剧组,到教学楼顶楼的教室里,偷偷开了锁,给演梁山伯的姑娘过生日你记得吗?

记得的。珊珊说,我们刚到那里,突然就停电了。

摸黑吃的蛋糕。小昭边笑边朝里翻了个身,我的鼻子上掼得都是奶油,她说。

还有,她继续说,我们玩了一个游戏,在黑暗中告诉大家一些事情。

真心话大冒险吗?珊珊说。

不是啊,你不记得了吗?比那个要刺激,刺激得多了。

小昭的身体，挪得更近了一些。珊珊，不如我们现在来玩吧。她说话的热气，扑在她的耳根上，凑近了，声音反而变小了。在黑暗中告诉对方一些事情，她说。

珊珊没有转头，她记得的，她没忘。她觉得，小昭正用急躁而诡异的眼神盯着她。一双幽幽发亮的眼睛，但太黑了，珊珊即使转头，也看不到什么。她们的身体靠得太近了，不是因为冷，但珊珊感觉自己的身体在变得僵硬。

你的脚很冰，小昭说。

三

春天的时候，珊珊停止了服用激素。医生说，情况有所好转，但息肉切除的手术是迫在眉睫了。珊珊不会再问，那这样可以怀孕了吗？或者，吃太多激素会不会发胖？她不想让自己显得傻乎乎的。医生说，先预约一个下个月的手术。珊珊说，好啊。她对丈夫说，我下个月要做个小手术，切除息肉。他点点头，那你做完手术，好好补补,好好休息。珊珊说,好。

她把碗筷收进厨房,站了很久,才打开电灯。她又走出去,端起那盘剩菜,倒进了垃圾桶里。他说,你这样就倒了吗?她说,倒了。他不说话了。

有时候,她想,多少,她还是会有一点期待的吧。

小昭打电话给她,你下个月什么时候做手术,我去陪你。珊珊说,没关系的啦,是个很小的手术而已。小昭很大声地嚷嚷,我去陪你啊,告诉我嘛。

有点甜甜的撒娇的感觉。珊珊笑了,她说,二十五号啦。她也撒了个娇。很多年没有这么说话了,她想。边想,还对着镜子吐了吐舌头。

她是无意之中路过书店的,在巨鹿路675号作家协会旁边的作家书店,她看到了陶渊明的新诗集。还看到了签售会的时间,二十四号。她走进去看了看书,拿起来又放下了。店员过来招呼她,您二十四号有空的话可以过来,我们出售签名本的。

晚上,在厨房里洗碗的时候,她想,不知道他现在写成什么样了,他的诗歌里,还充满了各种各样奇怪的鸟类吗?她试着背上几句之前背过的句子,"飞在鸟之上,我在飞之上",稍微更复杂一些的,她都忘记了。她想多回忆起一些，想着想着，竟然笑了起来。

　　二十四号，出门的时候，她不禁想到，小昭会不会知道这件事情。在鞋柜里找伞，她甚至有点慌张，如果在签售会碰见了小昭，该怎么办？她没有碰见小昭，她特地晚到了些，还是到早了。站在门口，水沿着伞柄滴下来，来的人那么少，陶渊明一眼就看到她了。隔着几排座椅，陶渊明看了看她。她想笑一笑，发现自己的脸冻得有些僵了。等讲座开始，她才多看了几眼陶渊明。他老了些，但不太明显，他的眼睛，还和从前一样，显得雾蒙蒙的，偶尔谈到某些令他兴奋的观点，才会有亮晶晶的东西一闪而过。有时候她觉得他在看她，有时候她想，他或许什么也没看到。

　　他还是认出了她。讲座结束后，他特地绕过来，当场签了一本书，包含珊珊的名字，送给珊珊的话，双手递给她。珊珊呆呆地站了一会儿，她的第一反应是去掏自己的名片，然后他说的是，不用钱，不用钱，这是我送给你的，真不好意思，如果我知道你的地址，一定会早些送给你。

　　他拍了拍珊珊的肩膀，你一会儿有事吗？好几年没见了,不如我们一起吃个饭。

珊珊说,好啊。

天气很冷,陶渊明说,不如我们找家火锅店?珊珊说,好。然后陶渊明带着她进了一家潮汕牛肉火锅,还是轻车熟路的。点菜风格和几年前一样,菜单还没有看,他就说,来盘胸口捞。

他还是话很少,气氛有点尴尬。珊珊为了活跃一下气氛,她说,哎?你现在敢吃乳鸽了吗?

连鸡也不吃了,他说,鸡也是鸟啊。

他看起来很认真的样子,但听起来,这句话还是像句玩笑。

珊珊说,今年的冬天,据说是十几年以来最冷的。你现在还每年都去崇明岛观鸟吗?今年冬天去了吗?

本来,珊珊想说,如果你没去的话,那就不用去了,因为我已经去过了。严寒,几乎看不到什么鸟。她还想,陶渊明会不会问,珊珊是一个人去的吗?珊珊并不打算告诉他,她是和小昭一起去的。不过,珊珊又冷不丁地很想知道,他是否还记得小昭。

陶渊明望着火锅上氤氲的蒸汽,忽然之间,眼睛亮了一下。他说,当年我们一起去的时候,你记不记得,也是一个很冷的冬天。和今年好像啊,真奇怪,一晃,我们都老了。

没有这么夸张吧。珊珊说,但实际上,是她的语气比较夸张。

陶渊明说,你差点把我的望远镜摔坏了。那个时候,我嘴上说,没关系的,其实心里很怨恨你。那个望远镜,是小时候攒钱买的,我对它感情很深。

很深。珊珊说,是吗?

陶渊明喝了几口热酒,就开始上脸了。她知道他没醉,但红色噗噗噗地往上蹿。还有,他说,那天晚上,其实我一晚上没睡。你知道为什么吗?

珊珊说,恩?

因为你打了一晚上的呼噜,陶渊明愉快地笑了起来。

珊珊说,很大声吗?

陶渊明说,还好吧,但我比较敏感。而且当时我很吃惊啊。

吃惊什么?

因为你是个女生啊。

珊珊说,我要是不是女生,我打呼噜,你就睡着了吗?是顺着他的话说,其实她的语调已经有点过高了,语气有点夸张了,她自己也知道。

可是陶渊明又有些醉了,他说,珊珊,好几年没见,我们还是和从前一样。好久,我都没有和别人说过这么多话了。

下次再约啊,珊珊。

珊珊说,好啊。

快走到家门口了,珊珊才想起来,把伞落在书店了。旁边的作家协会,就是陶渊明上班的地方,可是珊珊想,她这一辈子也不想再去了。他就那么确定,她想要他的诗集。他以为他是谁,站在冷风中,对珊珊说,下次再约啊,珊珊。

珊珊回到家,她丈夫在翻鞋柜,整个门廊里堆满了鞋子。他说,我要出门,可是找不到伞,他问她,伞在哪里?

陶渊明,他们一起排戏的那个冬天,那么冷,可是他还是在剧组里说,他每年都要去崇明岛观鸟,从不落下。隔了几天,珊珊问他,我也没有去过崇明岛,不如我们一起去?

她没有看他,他稍稍停了一会儿。我已经和别人约好了，他说，是你不认识的朋友。珊珊，以你的个性，你会尴尬的吧？

珊珊说，噢，那我会的。

噢。

小昭说，珊珊你不要害怕，我帮你削颗橙子好不好。珊珊说，怎么，你要用咬的吗？小昭愣了一下，然后她们俩都笑了。

珊珊说，手术很快的，一眨眼就结束了。放轻松嘛，小昭。

小昭说，珊珊，我在手术室外面等你。

二十五号。手术室里，没有灯，唯一的灯悬在头顶。一打开来，白茫茫一片，真像下雪啊，她想。宫腔镜在她的肛门那里探了探，猝不及防的冷。医生问，这是肛门吗？她有点想笑，忍住了。一共六个人，团团地围着她，四个年轻女医生，两个男医生，旁边还有几个实习医生，拿着本子像是在记录什么。她不能自由地转动头部，还是瞥了他们一眼，觉得自己躺在这里，就像是他们正在上的一堂人体课。全身麻醉，但时不时地，她还是会感觉到疼。找息肉，她听到他们碎碎念，息肉到底在哪里呢？对不起，她又想笑了。

很冷的冬天，他们在公园里只走了一会儿，就开始下雪。几乎没有看到一只鸟，但陶渊明并不显得沮丧，还朝路过的狗吹了口哨。他们早早地找到一家当地的农家乐。一男一女，旅馆老板看了他们一眼，给了一串钥匙，开门进去，发现是一张大床房。房间都是新装修过的，空调开得很足。他们临时决定取消下午的行程，待在房间里取暖。陶渊明说，我们来看电影吧。调来调去，点播的电影都是恶俗的爱情片。最后他们看了什么呢？五年前，流行过什么爱情片子？她努力地想象，觉得自己的脑袋，在麻药之下更加清醒了。

小昭说，不如我先去洗个澡吧。陶渊明说，好。她在浴室里，水流哗哗响着的时候，他在外面看电影吗？那天，她穿了件什么样的睡衣？一般，这会成为很重要的道具。屋子里的空调开到了最高点，她可以穿得少一些，但那又是上海罕见的严冬，她也可以穿得多一点。随她高兴。

她闭上眼睛，最重要的情节……崇明岛，苦寒的冬天，在剧组里相识的青年男女，大床房，恶俗的爱情片。

她是编剧，她可以充分发挥她的想象力。一般，她会在草稿纸上画一个箭头，那意思是，事情就要变成真的了。

可是，在编剧组开会的时候，她提的剧情，也很容易会被全盘推翻。

从一些细节开始，他们质疑它，试图撬动整个故事。后来呢？后来他们为什么没有在一起？如果在一起过，为什么又分开了呢？

那么多人围着她问。说不定也有人会说，你怎么自始至终都不知道呢？

仿佛隔着屏幕，在看一个重播的电视连续剧。他们一群人，气喘吁吁地爬到教学楼顶楼的教室，刚唱完生日歌，忽然之间，就停电了。她的心扑通扑通地跳，他们问陶渊明，你有没有正在爱或者爱过在座的人？陶渊明很干脆地说，没有。

他们问小昭，你有和在座的人之中，发展过超过一般朋友的暧昧关系吗？

小昭说，没有的啦。

轮到小昭问珊珊，她问的是，珊珊，你现在在减肥吗？

珊珊看了她一眼。两个人的心事都是透明的，再多看一眼，就要心虚了。珊珊很快地说，没有。几乎有点太快了。

电视的影像缩得小小地在她瞳仁里晃动。

三年前，珊珊第一次在妇产科医院，诊断出不孕。妇产科医生对她说了那句，让她此生都忘不了的话："你以前是不是减过肥？节食？"

珊珊，你为什么会不孕啊？

遗传基因吧，我不知道。

小昭，我有个很无聊的问题啊，那天，第一次看见我，我是说，在医院门口那天，你为什么会以为，我嫁给陶渊明了啊？

我开玩笑的嘛。这个问题，是很无聊啊。

珊珊想，其实，这个问题是很妙的啊。

她们又说了很多，小昭短暂的留学生活，她的几任男朋友，她先是做自由画展评论人，但实在养不活自己，后来开始进入剧团，从助理做到经理。珊珊的几任男朋友，珊珊的丈夫和婆婆，珊珊也写了几年小说，后来开始做编剧，做编剧不需要太多天赋，会吃苦更重要，珊珊做得挺好。如果年龄再更小一些，或许，她们会比较一下对方的身体。珊珊想，如果不是陶渊明，她们的友谊，或许能来得更早一些。

奇怪，可是珊珊并没有遗憾的感觉。

说着说着，小昭就睡着了。珊珊失眠了。小昭竟然打起了呼噜，但就算她不打，珊珊也会失眠的。她染上这个毛病，已经很久了。

做游戏之前，她们都要赌咒发誓的。但这只是个游戏而已，她们，或者他，都是成年人了。

手术快要结束了，医生们安慰她，就快好了。她的眼角，慢慢地变得湿润起来。事情就要变成真的了。他们找到了息肉，并且取了出来。她的一部分，正在永远地脱落。那天，站在堆满鞋子的门廊那里，她丈夫说，我要出门，可是找不到伞，他问她，伞在哪里？

伞在哪里？珊珊说，见了鬼了，你去问伞啊。

或许，她没这么说，只是想想。或许说出来了。她不记得了。

妙哇 61

斑尾塍鹬，因为陶渊明曾经对她们俩说过一样的话，所以她是鸟，她也是鸟。

"梁兄，你我长亭分手，别来可好

可记得你看出我有耳环痕，我面红耳赤口难开

可记得十八里相送长亭路，我一片真心吐出来……"

所有确凿的场景，表白的那天晚上，崇明岛的那天晚上，还有互诉衷肠的夜晚。她想，该主动问她的，她现在后悔了。

头顶的灯灭了。她听到有人对她说，好了，结束了。

她说，啊？

就是现在，事情已经变成真的了。

发表于《山花》2019年8月刊

温温恭人

"温温恭人,如集于木。惴惴小心,如临于谷。战战兢兢,如履薄冰。"

她到达那里的时候已经将近九点,是雨天,伞七零八落地斜靠在书店门口的架子上。读书会,读者走掉了一半,她随意就找了张靠近出口的位子,一坐下,困意袭来,她在灯光下面有点恍惚。那个小说选刊的编辑正坐在台上,他时不时地点点头,一会低头看看自己的鞋子,一会儿用手指轻轻地敲着茶杯。

她是来找他的,他们在微信上聊过几次,他隐约说过,要转载她的一篇小说。他真的说过吗?现在她盯着他,对记忆产生了怀疑。微信上,他把活动简介推给了她,却什么也没有说,她想了想,也没有回复,却直接过来了。或许可以在现场搭上几句话,她想,不过,如果是她先开口的话,她该说些什么呢。他的目光漫不经心地扫过观众席,她觉得他没有看到她,他甚至不知道她长什么样子呢。可是她感到自己的手心微微地出汗了。

她假装听得入了迷,目不转睛地盯着他身旁的对谈嘉宾,这样的角度让她感觉好受些。她在看着,起码就知道他不是在看她。可是他似乎感受到了那个凝视不动的目光,把头微微地偏过来,她猛地一低头,假装在包里翻找什么东西。短发月初刚修剪过,她现在迫切地希望,它能够像藤蔓一般地覆盖下来,遮住她羞赧的脸颊和意味不明的淡淡笑容。

什么东西被她翻到了地上,她又俯身去捡。她默不作声地扫了一圈,觉得又有男人在看她。她的动作放缓下来,深呼吸,耳边响起心理医生的话,她嗫嚅着用唇语对自己说,你没有做什么表情,你是个好姑娘,你不是那个意思。

她抬起头,惊讶地发现眼角流出了几滴眼泪。有那么短暂的几分钟,她获得了平静,感觉脸上一定绽放出过某种柔和的光泽。然后转瞬即逝,又变成一种黯淡的模样,显得很疲惫,随时想要从出口那里离开。

走。逃走。

两年前,继父是忽然间去世的。他去要账,从二十一楼坠下,唯一的记账本丢失,欠款人逃跑了,至今逍遥法外。从此母亲开始失眠,每晚临睡前,她会找些理由打语音给乔佳珊。乔佳珊洗完澡,把手机扬声器打开,边擦拭身体,边嗯啊地回答两声。当乔佳珊的声音变远,母亲就会异常紧张地问她,你在听吗?阿珊。乔佳珊嗯了一声。母亲叹了一口气,她说,你还是一个人吗?我看你的脾气越来越古怪了。

母亲颇含期待地问她,你今晚去哪里了,这么晚。

她说,加班呢。

噢,电话那头拖长了语调。我算了算,你这周五天都加班。

是吗?乔佳珊说。

乔佳珊不太愿意接母亲的电话,她一开口就是絮絮叨叨的抱怨,关于那套老公寓房的每个部件,似乎都在日复一日地脱落。她说,下水道又堵住了,洗澡的时候,稍不留神,就会有水从浴室里漫向客厅。厨房的灯也坏了,她现在独自一人做饭,一到晚上,就乌漆抹黑地什么也看不清。她可以去找个工人,或者带个移动手电上厨房，可是她什么也不做，只是在这里陈述无数件生活琐事的困难。乔佳珊不打断她，也不接话，等她说完了，她只是说，是吗？然而每天晚上，在她的抱怨之后，乔家珊都会重新回到那个地方。她看见刚满十岁的自己，站在那个用了很多年的不锈钢浴缸里，细细的、直杆般的双腿，平板的胸脯，母亲笑眯眯地，在往她的身上挤泡沫。水果味的沐浴露，粉红色的浴球打出一团团蓬松的泡沫，她把它们小心翼翼地抹在身子上，整个扁平的裸体都被遮住了。在一片温暖的灯光之中，母亲抬起了头，她忽然说，太可爱了，我叫你爸爸过来看看好不好？你就像一只小绵羊。

那个男人站在门口，她的记忆里开始出现一些调试电视机画面的雪花。他圆圆的眼睛闪了闪，先是露出了某种惊讶的表情，然后因长久抽烟而发黄的牙齿，随着嘴唇上下翕动起来。她想象着他像某种金鱼一样，吐出了几口泡泡。他说了些什么吗？每当回首往事，母亲都会兴奋地说，你还记得吗？那个……

不管她记不记得，乔佳珊一律都说不记得了。

睡前她觉得懊恼。她平躺在床上，盯着出租屋里的婚房彩灯。窗外是绵延不断的雨声。她该逃走的,在活动结束前早一点点,从门口悄无声息地溜出去。可以很自然地给他发个微信,我来了,有事却要先走了。这或许有点傻,也可以不发短信。可是她一直听到了最后,等人潮退却之后还呆呆地坐在椅子上。他的微信发过来了,她还有得选,可以假装没看见,上了地铁之后再回复说,哦,我刚刚没看见,已经在回家的地铁上了。尽管这也有点傻。最傻的是,她回复说,嗯。然后他就朝着她走了过来,他说,去喝一杯吗?

在酒吧里她点了红茶,他把自己的鸡尾酒递过来,让她尝一口,她没有拒绝。酒精像潮水一般涌上她的面颊,他们俩挤在靠近入口的一小排沙发上,外面的露台有乐队在唱歌,有醉酒的男女,还听到女人在哭泣。她紧张兮兮地盯着门口,只要再进来一位顾客,把身体塞进沙发里,他们的身体就会发生摩擦。他侧了侧身,把杯子再次递过来,她感觉到他温热的鼻息扑在她的脖颈上,痒酥酥的。

她抿了一口,在黑暗中皱了皱眉头。他似有若无地盯着她看,哈哈大笑起来,把杯子再次推到她的面前,摇了摇里面的液体,像个孩子似的说,那是他用吧台上的调味料调的。感觉怎么样？他贴着她，又一股热气扑来，因为灯光昏暗，他看不清她的表情。她在发热，不由自主地嘴角咧开，微笑起来，眼神发亮，她感觉到自己应当说些什么，然而他们只是一直坐在原地等灯亮。音乐在回潮，乐队转场，她俯下身来系鞋带，为避免显得慌乱，故意拖延了一会儿，等自己平静下来。几秒，脚下的地方全亮了。她直起身子，他们对视了，她从他眼里的愕然中感觉到了自己的不对劲。

她明白，她把事情搞砸了。她借着要上厕所的理由，逃走了。

初中三年级，乔佳珊第一次走进学校的心理咨询室，她还记得具体的气候，潮湿的南风天，阴雨连绵，心理咨询室地板的瓷砖蒙上了薄薄的一层水雾。她在门口险些滑倒，那个三十岁上下的男医师对着她滑稽的样子扑哧一笑，事情从这里开始变得不同。她坐在座位上，一直低着头，没有办法看那个男医师的眼睛。终于，当她抬起头来，他温和的目光使她浑身发冷。一寸一寸地，先是泡在冰水里，然后开始急速发烫。她的手上都是伤口，那是她自己发明的转移注意力的方法。这一次，她用指甲深深地抠进肉里，却发现眼前这个三十岁的男人扶了一下眼镜，用一种更加宽容的眼神看着她。你不要那么紧张，他慢慢地说。她想，他知道了。几秒钟之间，她觉得心脏里有一部分的空气被抽走了。

她盯着地板上唯一一小块被阳光照亮的地方，开始流泪，一直到咨询时间结束。他耐心地等着她开口，最终不耐烦地用食指敲打起了自己的耳垂。她有一种耻辱感，从一开始就是。她的耻辱在慢慢地转化为愤怒。他说，这样吧，我有一个师妹，我推荐给你。

她一个字也没有说，但她想，他知道的。

她对那个女医生说，我一看到男人就紧张。怎么个紧张法？她问她。

她抬起头看着天花板，像梦里，一闭上眼睛就回到那个破旧的浴室，母亲每次都大惊小怪地说，哎呀，阿珊你好可爱，我叫你爸爸过来看看。乔佳珊憋红了脸，咬牙切齿地说，不要。她小小的身体硬邦邦地站着，浑身被涂满一层厚厚的雪白泡沫，像个被展览的小丑。她狠狠地说，不要。她抓起淋浴头来，水珠溅到了浴缸的外面，溅到她母亲若有所思的脸上。

她对女医师说，我觉得害怕。

她说，我怕我做表情。

有的时候，洗完澡，手机响起来，乔佳珊以为是语音，接通了，却是视频。她和母亲，面对面地对视了几秒钟，她觉得尴尬。母亲用一种天真的目光盯着她看，脖子那里一圈汗涔涔的水珠子，她说，我刚上完瑜伽课回来。不去洗澡吗，乔佳珊问她。不急，她咽了一口凉水，突然间对着电话喊起来，哎，你人呢？干嘛让我看天花板？乔佳珊伸手把屏幕调回来，她小声地说，我穿衣服呢。屏幕里，她的脸洗过之后显得更苍白了，母亲用亮晶晶的眼睛打量着她。你变憔悴了，阿珊，她说。是吗？乔佳珊躺在床上，她暗自想，可以在什么时间点截断这个对话。母亲说，你能不能打扮打扮你自己，你看你脸上的毛孔多么大。乔佳珊笑了笑，我要挣钱，我没有时间护肤上瑜伽课，她不知道自己的语气里流露出了多少讥讽。但电话那头已经变得有些激动，她说，我睡不着才上的瑜伽课，你不明白？我也很辛苦，她继续说，你不要以为只有你辛苦。

乔佳珊用一种毫无起伏的声音说，我知道，我一直都知道。她听自己说话的声音，有一种模糊而遥远的感觉。

知道什么？她母亲的语气缓和下来，工作怎么样？她说。你每天加班究竟在忙些什么？

她不是没有想过这个问题，她每天忙忙碌碌，在做些什么？一进公司，她就发现老板特别喜欢她，把她从原部门调离出来。我要亲自带你一段时间，他神秘地对她说。她点点头，走出董事长办公室，觉得自己的步伐迟缓而僵硬。她不想升职，不想出头，不想受重用，只想下班后回家写她的小说。每天在公司里，她低着头走路，几乎要把扁平的身板贴到墙上。忽然有一天晚上，她在钉钉上收到了老板的私信，让她改一篇稿子。

她三下五除二就改完了，对她来说，那是相当容易的事情。后来，稿子越来越多，他总是问她，你可以吗？佳珊。每次改完，老板都忍不住赞扬她，佳珊，你文采真好。

她成了老板的御用文人，每天都在写一些各具功用的公文。除了行政工作，她还要承担上课任务。暑假，是培训机构的旺季，她一走进教室，几十个小朋友齐刷刷地抬起头盯着她看。她觉得窘迫，第一个动作，是先背过身去擦黑板。她教她们写作文,在夏天的空调房里,因为学生人数太多,越讲越燥热,她觉得自己的身体都要燃烧起来。"心思不能言,肠中车轮转",有一天读到这句诗,她痴傻傻地站着,很久之后,忽然间转过身说,来,我们一起来读读看。有学生问她,老师,你怎么哭了?她看着他们,觉得自己像在哭,也像在笑。我哭了吗?她说,那我大概是在哭吧。

我会在脑海里造句。

什么?

她看着她,忽然间她明白了,这个女医生并没有更好。

词语,句子,段落。不由自主地。我和某某人,做某些见不得人的事情。

她没有笑。仁慈,她想到了这个词。或许,她只是还没反应过来而已。因为她又紧接着问了一句。

什么?

什么什么?

她的语气忽然就冷淡了,变得冷淡又严厉。她怎么能够不明白?

我会做表情。她觉得自己再一次被侮辱了，再也不想多说一个字。

从什么时候开始呢？

从什么时候开始？例行提问，她想。乔佳珊狐疑地转过头来，好像听不懂这句话。

不记得了，她说。

有一天晚上她睡不着，像往常一样去敲母亲的房门。敲了一会儿，却毫无反应。她想开口叫母亲，但想到母亲曾经的嘱咐，以后但凡是我和你爸爸在一起，有事情你就找他，不要找我，你明白吗？她犹豫了一下，还是躺回了床上。她不明白，她想，她拿不准继父对她的态度。

母亲邀请继父来观看涂满泡沫的她，他也笑。每天去买菜前，他都会询问她想吃什么，但不一定买回对应的菜。他不把存折放在婚房里，而是放在自己母亲的卧室里。有一天下午，她放学得早，看见他在里面和老太婆嘀嘀咕咕。乔佳珊停在了房门口，从老式木门的悬窗上，看到他爬得高高的身影，把一个小小的木盒子往房梁里藏。然后他一扭头，从俯视的角度，看到了门外的她。他慢慢低下头，目不转睛的那副样子，她一辈子也不会忘。

她又翻了一会儿身，还是睡不着，于是她绕到阳台那里，打算去开窗户，偷偷喊母亲出来陪她。她推开窗栓，看到母亲光溜溜的臀部裸露在床单外面，面朝下趴着，扑哧地低声直笑。继父也在笑。乔佳珊觉得自己的身体不由自主地在发抖，她颤抖着合上窗栓，钻回被窝里，脑子里是一大片白色的雪花，她睁着眼睛捱到了天亮。

从读书会回来的晚上，是夏末的某一天。乔佳珊凌晨两点醒过来，喝了半杯水。凌晨四点又醒了，她听到楼下驾驶垃圾车的嗡嗡声，隐隐约约，并不十分清楚，但她觉得自己的脑子已经完全清醒了。她想起自己投稿的那篇小说，写的是一段童年的经历。因为这一段童年的阴影，导致了当下的一场家庭谋杀。他读完这篇小说立马就给她打了电话，他说，你好，我是小说选刊的编辑卢照邻。她想象着他那激动的样子，事实上，他的声音里完全听不出任何起伏。他说，前面写得比后面好很多，谋杀的那一段有点假。她迟疑了一下，然后说，哦，是吗。她以为他会接着问,那些写得好的童年经历是真的吗?他没有问,也没有表示出好奇,就凭这一点,从那时开始,她就把他引为知己。

他斟酌着,慢慢地说,继父这个人物,我觉得还有发挥的空间。

她点点头。他迟疑着说,你怎么不说话了。才想起在电话那端,他是看不到她点头的。

她很想知道母亲失眠的原因,是否是继父的死。很多次,在语音电话里,她想开口谈这个问题,但都欲言又止。继父去世的那一年,距离她离开清濛求学工作,已经近十年。十年,他和母亲,他们之间发生的事情,乔佳珊一无所知。她忘了是在哪一年,一下飞机,她惊讶地发现赵龙开着他的教练车来接她,而坐在副驾驶座上的就是母亲。一路上,他们说说笑笑,乔佳珊坐在后面,发觉自己插不上一句话。

一路上,她盯着窗外,想起母亲几个月前对她说,正准备去考个驾照。在这几个月漫长的通话里,为什么她一个字都没有提到过,教练就是赵龙。许多年前,赵龙就已经开始做驾校教练了,乔佳珊有点懊恼地想,她竟然忘记了。

　　车停下来，赵龙转过了头。前面的巷子拐进去就是你们家了，他说。而她犹豫了一下，不自然地说了声，谢谢叔叔。

　　早在他转头之前，从后视镜里，她就默默地打量了一会儿他。奇怪，过了这么多年，他的头发已经都参差发白了，她还是像当年一样，叫他赵龙叔叔。

　　父亲去世，她还记得具体的年份，一九九九年。那时候她和母亲还住在父亲单位分的宿舍里，她把被褥从儿童床搬到了大床，记得母亲常常抱着她，哭泣着入睡，最喜欢说的话是，阿珊，从此之后我就只有你了。她不记得是从什么时候开始，在母亲的身上慢慢地发生了一些变化。母亲开始描眉，身上有了某种似有若无的香味，她把她安顿入睡之后，又找个理由出门去。而乔佳珊的入睡都是假的，实际上，每晚她都强忍着睡意等她回来。冬天，母亲一钻进被窝，就会有一股冷风灌进来。她感觉到另一个扎实而冰冷的身体躺在她的旁边，出门之后又回来的母亲，像是个陌生人。

　　一九九九年，母亲还不满三十岁，皮肤没有松弛，

温温恭人　77

身材也没有走样。她像未出嫁前那样，喜欢穿旗袍，显露窄窄的细腰和圆滚滚的臀部轮廓，年幼的乔佳珊默不作声地跟在她后面，从小她就知道，母亲远比她漂亮。赵龙是母亲的高中同学，他结婚后，分配的宿舍就在同一幢楼的楼上。父亲去世后，最艰难的那几年，赵龙常来楼下帮忙，换灯泡，通下水道，甚至和母亲一起做大扫除。逢到乔佳珊独自出门的时候，就会有邻居凑过来笑眯眯地问她，她们家和赵龙是什么关系？有一次她没有假装睡着，而是很响亮地翻了个身，转过来问母亲。母亲沉默了很久，然后小声地说，可惜你还那么小。

十岁那年，乔佳珊还那么小，就感觉到了厌恶。后来，这种感受只会越来越强烈。到乔佳珊二十五岁，母亲开始对她一片空白的恋爱史显露出困惑。她说，乔大作家，就没有你看得上的人么？这种口气，想使气氛显得活泼些，却只会适得其反。

只有这一次乔佳珊犹豫了一会儿，母亲敏感地问她，你今晚去哪里了，这么晚？

加班呢，她心虚地说。

她发觉自己一整个夏天都在想他。

他对她难能可贵的理解，他给她的小说所提出的一针见血的意见。小说里，没有明说，但她隐晦地让母亲成为了凶手。其实继父在跳楼之前就服毒了，他在家里喝下了什么有毒的液体，然后去要债的时候，一时失去重心坠了楼，并不是被欠款人推下楼的。女儿知道母亲的所作所为，却知情不报，实际上，她们俩是同谋。

后来，她又在微信里联系了他，她对着手机屏幕发了半小时的呆，最后变成一句客套的、毫无魅力的简短问话，问他能否给她的这篇小说提出一些意见。她所担忧的事情没有发生，他马上就回复了，发过来的意见很详细、扎实。他说，故事逻辑不是非常清晰，以至于有些不合情理的地方。为什么母亲要杀死继父？为什么女儿也想让继父死？继父是个什么样的人，他做了什么不可原谅的事情？

她说，好的。他们又聊了聊，关于作品。但他没有再提起过要转载的事情。

她无法原谅自己那天晚上的失误。他喝了酒之后，疲惫的神色，对她流露出的那种亲昵的语气和神情，现在似乎荡然无存了。一切都公事公办，她甚至毫无自信，他是否还记得她。

　　写得一般，在想象中，她看到他回头对自己的同事这么说，一个新人作者，也没什么才华。

　　秋天的时候，在一个青年作家采风活动里，他往南走，去了福建广东。路过清濛，他给她发了几张图片，他说，跟你小说里写的一样。简短扼要，没有多余的话，没有表情，没有具体的事件缘由，是一句不请自来的问候。盯着屏幕，她看了许久，发现自己的手有些微微的颤抖。她所担忧的事情没有发生，她想，他并没有在意她所做过的表情。他说话的语气让她觉得安全，那天下午在公司里，老板特别看重她，让她作为唯一的新进员工参与了管理层的务虚会，然而整个会上，她都在想他。轮到她发言的时候，所有人都目不转睛地盯着她，直到那一刻她才意识到自己身份的尴尬，几个男人也盯着她，她充满恐惧地发现自己又开始发抖。她勉强地小声说了几个观点，听起来更像是在自言自语。会后，老板反而问她是不是不舒服？她一直低着头，几乎是嗫嚅着挤出了两个字，没有。老板意味深长地看了看她，她有一种坠落的感觉，好像自己亲手毁掉了什么东西。

那天晚上她梦见了他,梦见坐在他的腿上,他五官的每一个细节都异常清晰地浮现在眼前,那拥抱的感觉使她的身体在睡梦中也在微微发热。他的胡茬刺着她的脸,她用胳肢窝紧紧地夹着他宽厚的双肩。半夜里,她又醒了,但躺在床上,没有起身,沉浸在一种迷离恍惚的感觉之中。白天在微信里,他说,清濛真是个奇怪的地方,虽然是晴天,走在街道的骑楼下面,总疑心外面在下雨。听起来都是些废话,但从没有人会这么说话,除了他。他是没有在意过她做的表情,还是,看到了表情,却原谅了她。仁慈?不,她知道他是不同的。

后来,少女时期那些离奇的梦境,断断续续地回来找过她。她梦见故乡很多熟悉的地点,她认识的一些男人,仿佛经历过的场景,她不由自主地做出那些不自然的表情。词语、句子、段落,她和某某人,在某某地点发生了关系,像填词造句的游戏,一刻不停地替换着宾语,她羞耻得浑身发抖,被定格住,动弹不得。这些临时组成的句子在她的脑子里奔跑,她徒劳地望着它们,越想要扼制,它们就越随兴释放、难以把握。最后是他。他和她,他们俩,并排坐在酒吧的角落里,尽管周围一片漆黑,她看不到自己的脸,却意识到那种熟悉的感觉正在靠近她。他问她,继父做了什么不可原谅的事情?让母亲和女儿都想杀死他?她一下子清醒过来,刚才朦胧的感觉像潮水一般褪去。平静了,她觉得,现在好多了。这些梦持续了一整个秋天的时间,她却渐渐地不再感觉到害怕。从他的朋友圈里,她知道他回到了上海。但他并没有特地再来约她。过了一阵子,他出了新的小说集,忙着跑宣传,他们之间的距离隔得更远了。有时候,她会出现在有他的读书会现场,有时候,会悄悄地到他的微博上点个赞。他持续地发送各地的图片给她,有时候是他主动的,有时候是她要求的,但他们都没有深聊过。总有一天,她隐隐约约觉得,他们会再重逢的,只是要再等等。

快到冬天的时候,有一次打语音电话,母亲忽然间提出要到上海来找她。她说,我的失眠有点严重,在清濛吃了很多药也不见效,我想来上海看看医生。她们中出现了一个比正常情况下略长的停顿,两人都有些慌张。乔佳珊并不相信她,差一点就脱口而出,你不会舍得给自己的身体喂安眠药的吧?母亲试探性地问她,你有空吗?

她说完嗯就沉默了,像是故意的,电脑那头仿佛有些不高兴。于是她小声又问了一句,又恶化了么?

还好的。

最近发生了什么事么?

没有。

没有吗?乔佳珊还想问什么,但最终没有说出口。

挂上电话,她想象着自己问她,赵龙陪你一起来么?

无论用什么语气,这句话都像是挖苦和讽刺。

她太了解她了,母亲会像根弹簧一样跳起来,觉得自己被冒犯了。

在馄饨店,她要了两碗馄饨,闷声吃完了自己的,在想着要说些什么,发现母亲把馅都吃了,皮剩在了碗里。乔佳珊惊讶地盯着她看,她不好意思地笑了笑。我不吃那么多碳水化合物的,她说,我怕长胖,最近在减肥。母亲起身去结账,她没拦她。等母亲坐回位子来,细细地端详了一会儿她的脸,又忽然间把手从下面伸过来了,捏了捏她的腰身,笑嘻嘻地说,你胖了,这么年轻,身材还不如我。乔佳珊想敷衍性地笑笑,却发现自己的脸很僵硬，小时候那种厌恶的感觉又涌上了心头。她想起那天，她无意中推开房门，发现母亲正蹲在地上剪照片。有一些是她和父亲的，有一些是她和赵龙的，她抬起头，茫然的眼睛里都是泪水。合影，她愤怒地把对方的头剪了下来，却仍然把自己的头留在上面。在她更小的时候，父亲刚刚去世，母亲会成日里盯着自己的照片，对着乔佳珊自言自语，妈妈漂亮不漂亮，可是这么漂亮有什么用？

母亲在浴室里洗澡，水流开得很大，没有间断过。她想象着她边打泡沫边放水，兴许还对着镜子审视了一会儿自己的腰身。乔佳珊坐在床上发呆，忽然间就想起了自己的小说，还有卢照邻的意见。是哪一年？她见到的继父？又是哪一年，她见到的赵龙？母亲剪的照片里面没有继父，那么，大概她是先认识的赵龙。为什么赵龙没有成为她的继父？她想起母亲对她说过的话，用的是一种略为得意的口吻。她说，很多男人都想娶她，但不愿意接受乔佳珊。忽然间，画面切到十岁那年灯光昏暗的浴室。乔佳珊茫然地直立在喷头下面，浑身涂满泡沫，等着继父从主卧里走过来。继父眯起眼睛看了看她，她想竭力笑一笑，但因为刚刚等得太久，泡沫沾在皮肤上都有些干了。过后,她有点委屈地对母亲说,有点不舒服。母亲愣了一下,像刚刚回过神来,反问她一句,你说什么?她摇了摇头,在浴室的镜子里凝视着自己的身体,肥皂泡沫顺着大腿往下滚,她瘦瘦小小,皮肤红红的,眼珠子也是红红的。

可是奇怪,她没有哭出来。那天目睹了窗户后的那个画面,回到房间里,失眠了一整夜,却仍然没有哭。她只是显得阴郁,沉默寡言,开始喜欢把自己关在房间里读书,作文写得很好,但数学很差,成绩也一般。母亲和继父的感情并不总是很好,他们常常吵架。有时候,母亲会对她说一些埋怨的话,她说,你就不能活泼一点,可爱一点。她抬起头,像是在哭,等了一会儿,却没有眼泪流下来。母亲叹了口气,你整天闷声不吭地沉着个脸给谁看呢。

水终于停了,母亲在浴室里哼起了歌,听不出是什么。过了一会儿,她举着一瓶蜂花护发素出来了,脸上是一张笑皱了的面膜。天啊,你还用这种老土的牌子?她大惊小怪地说。

天啊,母亲扑哧一笑说,我也会做表情的,这没什么大不了的,就因为这你就要去看心理医生?母亲说,别傻了,还有一个多月就要中考了。她们并排躺在床上,她一只手轻柔地抚摸过乔佳珊的背部,试图安慰她。从前我走在街上,她说,总是会有莫名其妙的男人前来搭讪。一次,一个中年男人尾随了我一路,最后他忽然走上前对我说,小姑娘,以后脸上不要挂着那种笑容,会被人误会的。这个故事,乔佳珊听过很多遍。小时候她安静地坐在一旁,听母亲和她的姐妹淘津津有味地讲结婚之前的往事。母亲笑着,把身体靠到椅背上,伸出了手臂,一副无可奈何的样子。她说,不让人笑,难道要愁眉苦脸的吗?

现在,母亲在床上做起了睡前瑜伽。乔佳珊拿起一本书摆在膝头看,翻来翻去,什么也没读进去。她从来没有想象过和母亲掏心掏肺的场景,现在她们两人睡在这间布置成婚房的出租屋里,一躺下来,头顶就是硕大的婚房彩灯,一时间都有些慌乱。乔佳珊最终还是说了,她问,你和赵龙怎么样?什么怎么样?母亲听起来没有抵触的口吻,还时断时续地哼着歌,过了一会儿却不唱了。她躺下来,把被子的一角攒在下巴上,捂严实了。

两年前,继父的葬礼上,继父火化的时候,赵龙又出现了。他太热心肠了,马不停蹄地忙前忙后。乔佳珊想,赵龙像是母亲的家人,而她自己从上海坐飞机赶回来,拎着个简易的行李箱,到葬礼上点了点香,像来参加葬礼的宾客。亲朋邻居们的口吻都是阴阳怪气的,过了这么多年,还是有人悄悄问她,赵龙还没离婚吧?她母亲和赵龙是什么关系。

两年过去了,有一些她不知道的事情发生过,当下也正发生着。她伸手关掉灯,躺着,轻轻地喘气,过了很久,母亲忽然间就开口说话了。她说,你什么时候出一本书给我看看?乔佳珊犹豫着,不知道回答什么。母亲穷追不舍地又问她,你最近还写小说么?

她终于再次等到了他的微信,他说,今天会来她住的区域附近参加一个书店的活动,问她要不要来玩。好啊,她几乎是立刻就回复了。过了几分钟,母亲的微信进来了,她问她今天能不能早点回来吃饭,她想煲只活鸡给她吃。她低下头,快速地回了个短信,我要加班。忽然间就有了一种心痛的感觉。

她到得很早,发现他给她留了个靠前排的嘉宾席,几乎都是圈内的人。她一坐下来,旁边的男人就问她是怎么来的？她很大声地说，是被邀请来的。结果他竟然突兀地笑了，我是问你坐什么交通工具来的？她很惊讶地看了看他，她说，我走路来的。过了一会儿，她补充了一句，坐了公交车，又走了一段路。他俯下身，想说些什么。这时活动开始了，她看到了卢照邻，激动地往前倾了倾身子。他慵懒地走上台，外面下了雨，看得出他的头发有点湿。旁边的男人问她，你认识卢照邻？她笑着，点点头。他仔细地看了看她的神情，试探性地问，你是他太太？这下轮到她转过头来，盯着他看了。她不记得自己是点头了，还是摇头了。台上的嘉宾很多，她看了半天，发现原来是个诗歌朗读会。台上的嘉宾读完，台下的嘉宾还要读。轮到乔佳珊的时候，主持人热情地说，请你介绍一下你自己。她不记得她说了些什么，脑子里嗡嗡地一直有什么东西在叫，她说完之后，大家还是鼓掌了。掌声雷动之中，他看到了她，给她使了个眼色，然后她一低头，看到手机的微信消息。他约她结束后去喝一杯，用的不是问句，而是祈使句。她几乎是立马回了两个字，好啊。感觉到自己的身体已经开始微微地发抖，不是一阵一阵的抽搐和战栗，而是冷热交替的，像被雨淋湿了似的。她觉得身体的温度忽高忽低，也许要生病了呢,她想。

继父死的那天,也是雨天。他去要账前,本想在家里吃饭,可是饭还没好。他一边抱怨着,一边指使母亲先给他打一碗热汤。炖的是小母鸡,很香,他三两口就吃完了,肚子饿,没有吃出什么奇怪的味道,一切都很平常。理论上来说,空腹,肠胃会吸收得更快。刚走到债主楼下,他已经明显感觉到不舒服,等坐电梯升上二十一楼,脑袋里已经变得晕乎乎。他和债主没有谈上两句,忽然之间,就从二十一楼的窗台上消失了。债主吓坏了,他想,他本来就还不上钱,这下是百口莫辩了。于是,他从他随身带来的包里,拿走了那本唯一的记账本,连夜离开了清濛。夜晚开始了,母亲吃完饭,没有给继父留饭,把碗筷都清洗干净,呆呆地坐在电视机前,等着到点了就回屋睡觉。按部就班,一切都很平常,她仍然记得在睡前给远在上海的女儿打个语音电话。慌乱之中,语音按成了视频,女儿说,你的脸色有点苍白。是吗?她笑了笑,可能是因为最近失眠。女儿说,这么巧,我也失眠。

她想着自己的小说,里面人物的嘴脸都浮现在眼前,像活过来了似的。他曾经给过她很刻薄的评价,他说,你写的小说里,根本就没有人物。这是小辈中文采最好的一个。后来的几次管理层务虚会上,老板这么介绍她。他毫不掩饰对她的赏识,曾经开玩笑说,总有一天乔佳珊你也能做某个部门的领导。乔佳珊想,真是好笑。一切都很平常,只是偶然,像掷骰子一样,她没得选。

她走到书店门口等公交车的时候,还听到里面的朗读声。她想,等活动结束后,他来找她,却发现她不告而别,会是什么心情。母亲跟她抱怨生活上的琐事,鸡零狗碎的,她从不理睬她,她以为赵龙会来修理的。

她忽然间就有点心疼她。像小时候一样,失望过后还是会原谅她,只是心底里暗暗地瞧不起她。一边忏悔,一边瞧不起她。很奇怪,又有点羡慕她。

从小到大,乔佳珊已经习惯了沉默。十岁,她亲眼见到继父把手放到母亲的屁股上,他嘴上说的是,真是个尤物,自己还不知道。后来,每当继父站在她的身后说话,乔佳珊都觉得他在盯着自己的屁股看。成年以后,乔佳珊再也没有穿过短过臀部的衣服。像掷骰子一样,这不是她的错,她没得选。

她曾经最激烈的反抗也不过就是,在母亲钻进蚊帐之后,抗拒性地把她的身体推开。年幼的乔佳珊扭过身子，像发烧似的颤抖起来。你闻起来臭臭的，她小声说。

可是她没有告诉过她，在她回来之前，发生过什么。乔佳珊安静地躺在黑暗里，脑子里闪过无数种想象，最后他们都变成了一些词语和句子。她和赵龙在一起，乔佳珊一边想，一边发现自己的手和脚都在变得冰凉。她不动弹，不哭不喊，一直这么默不作声地躺下去。直到门吱呀一声打开，她的胃里翻涌上一股恶心的感觉。

她倒希望在继父的死里面，母亲真的扮演过什么角色。她希望自己也能参与其中，像小说里一样。

你身上臭臭的。她甚至都没有说过，你走开，这样的话。

乔佳珊坐了公交车，又走了一段路，到了家门口。走到家门口，犹豫了一下，没有进去。她无所事事地晃荡到楼下的咖啡厅里，点了一杯咖啡，打算一直坐到天亮。回去也睡不着，她想这又是一个熟悉的失眠之夜。她和母亲，将共同眺望头上的星空，熬到天明。

发表于《福建文学》2020年3月刊

幽灵

储藏室

母亲每日的电话里,已经越来越多地反复交杂着往日的内容。比如说,这是她第三次和我讲她上厕所的故事。我刚坐上坐盆,灯就灭了,等我站起来,灯又重新亮了。神叨叨的,像见了鬼一样,她说着说着就笑起来,流畅的线条会在方脸下巴的生硬棱角那里顿一顿。把我养大的这么些年,她一直大大咧咧,大声叫唤,用力吃饭。但这几年来,她常会出现一些突如其来的敏感,像卫生间里不稳定的电压。我主动提出,要不要请一个朋友过去帮忙看看。

她说,你以为是厕所的灯吗?不是的,是储藏室里的灯。

她这么一说,我就明白了。

厕所里的灯坏掉,那是多年的痼疾了。继父很少主动去更换,他宁愿爬上梯子,把那一扇内置的小天窗打开,让储藏室里的灯光照进来。闭上眼睛,我打开微弱的银色手电,在夏天的浴室里冲凉,塑料人字拖的前端越磨越薄,脚趾滑出来,那种日积月累的疼痛,也不过是一场熟悉的梦境。我说服自己,或许母亲的预感并不是空穴来风。

那会是什么呢?

容声说,或许是阿姨她记错了。

今年没有台风,在容声写的每一首诗歌里,他一直在等待着刮起九号风球。"从一种血,通向另一种血"。"从一个手势,通向另一个手势"。他问我,哪一种搭配更加好些。常常,他举棋不定时,就望着我,眼神清澈柔和。我说"血"吧,然而他最终还是选择了"手势"。

他不太喜欢激烈的东西,而我正好相反。所以当我和他解释整件事情的时候,他既不相信任何关于鬼怪的传说,也无法理解为何厕所里终年累月地不装上一盏明亮的灯泡。最终,他总算对鬼怪本身产生了一点神秘的兴趣。或许,他是想把她写进诗歌里。可是我明确地告诉他,不行,这个"她",我是要写小说的。

对于自己的话，我也常常并不以为真。可是这一次，当母亲对我说起老鸭汤的时候，那种影影绰绰的预感，像电流一样，一下子抓住了我。她炖了一锅老鸭汤，明明没有放过盐。等到她放完盐之后，却往往咸得无法入口。你想想看，她证据确凿地说，还是那袋盐，还是那个勺，什么汤都没有出过问题，只有老鸭汤，"她"最爱喝的老鸭汤。在上海和清濛两地之间，有什么气体在逐渐地变得清晰起来。她想试着用一种戏谑的口吻来说，却没能恰如其分地把握好幽默的分寸。空气凝固下来，我没有配合她，这一切都发生得很突然。

兜兜转转，最终还是回到原点，一切只是时间问题。过去时光中的某一个节点，母亲在寺庙里求来的签上，解出这句话。因此，她临时终止了与继父纠缠不清的离婚协议。我很气愤，可是她说，其实原因不止于此，还有很多。

我感觉我们之间的空白在逐渐拉大，大到只有偶尔在激烈的争吵之中，我才能在脑海里部分地闪现出我们曾经携手共同对抗命运的日子。回望清濛，那里只剩下一个从点开始成倍缩小的模糊印记。如果命运的困境再一次来到我们面前,我如何能够置身事外?我对容声说我要回一趟清濛,其实清濛并不太远,但他还是感到了惊讶。他的诗集马上就要出版,就在这个周末。首发仪式,我不能到场。但就在我开口解释之前,他宽容而友善地抱了抱我。他宽大的胸膛挤压着我的肋骨,一根一根精致的肋排,清脆欲裂。一个空置的空间,在我们之间发生了结晶。

然而当动车一开出上海,我就感到了片刻的后悔。因为母亲再次拨来电话,关于厕所的故事,就已经更换了一个版本。她说,一坐下去,灯就亮了,一站起来,它就自己熄灭。对于这其中细微的变化,她浑然不觉。顷刻之间,这趟旅程对于我来说,失去了意义。我专为幽灵而来,但实际上,幽灵并非倏然而至,它始终存在。

我并不怕"她",我相信母亲的情感也并非恐惧。从我认识"她"的那一天起,"她"就是个邋里邋遢的老太婆,住在厕所后面的房间,那屋子现在被用作储藏室。标志性的动作,就是躲在什么障碍物之后探头探脑。老太婆和整个家步调一致,唯一一次穿了件新衣服,是继父第一次带母亲回家过夜。后来想起来,"她"那时或许接到了要将自己修整一新的通知,由此推断,那时"她"的耳朵还没有那么聋。

想起了"她",就想起来那套公寓。母亲至今还居住在那套公寓里,在内心深处,这才是真正让我感觉到恐惧的东西。继父的这套房子十分简陋,实际上,数十年如一日,他都安然自得于贫困的日子。洗手台的瓷砖裂开,水顺着缝隙,洗手的时候也顺便洗了脚。抽水马桶的水闸从来没有好过,接水的圆桶肩并肩、头挨着头,全都沾满了油腻的黑色污垢。那一扇玻璃破了一半的天窗,洗澡的时候,能听到隔壁屋子里老式吊扇半死不活的呻吟声。而"她"躺在黑暗之中,日复一日,逐渐听不见厕所里忙忙碌碌的水流。在某个时刻,"她"或许感知到,这个房间,已经无法与整间旧公寓融为一体。于是"她"偷窥,或者大声叫唤。"她"声称,自己是正大光明地看。

小时候在浴室里往身上打泡沫,我盯着那扇天窗,感觉像一个宇宙黑洞。我匆匆浇下一盆水,落荒而逃。直到母亲指着"她"的脊背对我说,在编竹厂编织竹筐的日子里,那里已经形成了不可逆转的畸形。"她"再也无法站在房间里的那张高脚大床之上,顺着天窗缝隙,朝厕所里张望,那是不可能完成的动作。一只亮闪闪的笑眯眼,一口合不拢的黄色假牙。那只是梦境,不是现实。

我从来不喊"她"奶奶。我也看不出有什么必要,去喊"她"奶奶。首先,"她"很快就耳聋了。从能辨别出耳朵边微弱的声线,到几乎什么也听不见。其次,既然我并不把继父当作是父亲,更轮不到"她",来被我称作奶奶。几乎是在我承担这段岁月的所有时间里,我都很硬气。

"她"已经死了快十年。至今,我仍然记得听到"她"死讯时的庆幸和轻松,我甚至无法装出悲伤的样子。掰起指头数一数,刚好数到十,是台阶的步数,我踏进家门。铁门还是用绣花桌布包裹着,油漆已经掉光,显得更加寒碜。屋内燥热,母亲围着一个围兜,站在厨房的阴影里,熬一锅凉茶。她变得更加黑瘦矮小,鼻梁塌陷,两颊之间有两个像跳远之后留下的浅坑。她的眼神里透露着难以掩饰的惊讶,因为我一进门,就习惯性地看向那张放在墙角里笨重的红木靠背椅,这样一个眼神,事隔了十年,的确有些可怕。那是"她"生前日复一日坐着的地方,一件能活得比人更加长久的家具。继父喝醉了酒,坐在上面,飘飘欲仙,一边打盹,一边辨认我。

母亲说,累了吧。我给你煮了凉茶。

第二天我们就去了寺庙里,还是求签。后来又去了菩萨庙,因为我曾经祈求过菩萨,收我为干女儿。母亲点了三支香,絮絮叨叨,都是在说些保佑我的话。那个和母亲熟识的师太念着佛珠,频频点头。临走之前,交给母亲一串,交给我一串,说一串摆在家里,一串可带到上海去。

签解出来,大意是要动土,但具体含义不明。经高人指点,母亲又找到一位算命先生,拿出鬼魂的生辰八字,请求指点迷津。先生说,动土,就是要更改死者生前居室的布置。如果我没看错的话,死者生前是客家人,怕是住了十几二十年的土楼吧?

母亲双手合十,虔诚地闭上眼睛,做了一个直立跪拜的动作,仿佛亡灵当下就在眼前出现。先生收了钱后又说,死者感觉到受了压迫,因此用了一些小把戏来提醒家里人，多给一些空间。

简而言之，这一切只不过是死者说话的方式。

开疆动土，犹如开筋动骨，母亲生性节俭，储藏室里几乎堆满了东西，我说，如果是我也要生气的嘛。只不过是一句玩笑话，然而母亲是典型的清濛女人，她很严厉地说，呸呸呸。过后，才露出轻松的笑容。很久以来，我们都没有在一起开过玩笑了。在汗流浃背的储藏室，一堆布满灰尘的教科书，成打扎捆整齐的环保袋，以及折叠得四四方方的快递纸箱子，充沛的体液和气味，把我们身体之间的空隙完完全全地填满。好像回到了小时候，可以与母亲并侧而卧的日子。我嘲笑母亲收罗起来的这些破烂，她则能够随便指着一件陈年旧物，说出它在岁月之中曾经占据过的精确位置。算命先生说，鬼魂就居住在这间屋子里，而我们就在"她"眼皮子底下大谈特谈，实际上，我们都毫不害怕。

我知道我和母亲属于同一种女人，尽管时至今日，我们之间早已无话可说。父亲死后，母亲养育我的过程，就是开疆拓土。她选择当业务员，成为夸父，在太阳底下跑，把皮肤晒得黝黑透亮，让雀斑鲜明地，像星星一样点亮了五官。别人称赞她有活力,只有我知道,那是过分用力。很瘦却很沉重,相比之下,别的女人通通活得轻描淡写,神态轻盈。刚开始跟容声在一起,说实话,他被我吓到了。他写诗,但产量极低,而我成打成打地写小说,用尽浑身解数吸引编辑的注意。我只要一放弃,身体里的弹簧就开始蓄力。那是母亲的血脉,头疼欲裂,死灰复燃的欲望,是头上的紧箍咒。那个时候,我写尽各种类型的小说,忙忙碌碌,总会在某一个瞬间,觉得自己才华横溢。而母亲也是在那个时候对我说,她要和继父离婚。我们都在奔向一个光明的终点,如果它确实存在的话。我觉得我能像一棵大树一样,庇佑母亲。而母亲也终于愿意收起那把破旧的阳伞,躲到树下来。可是当母亲在寺庙里抽中一根下下签时,这一切幻想土崩瓦解。

母亲说,不是那一根签的问题。真正存在的问题,还有很多。几年间,我写过的小说最终都成为一些废纸,而容声出了诗集。我在母亲面前夸耀他的才华,母亲看着我,仿佛没有在听。她还是反对我们在一起,自始至终,她都没有喜欢过容声。她说,不是才华的问题,也不是性格的问题。是家世么?也不是。她说,真正存在的问题，还有很多。

现在，杂物逐渐被我们清理干净，一条干净的甬道，像畅通的肠道。我问她继父人呢，她说他喝酒去了。喝完酒呢？大概去小公园里唱唱歌吧。容声好吗？我说好。他在干什么呢？写诗。还在写诗，不工作？恩。然后就再也没有话了，我们都沉默下来。隔壁人家开始做晚饭，有煲汤，又炒了菜。我想说饿，母亲却先说，渴了吧，喝杯凉茶。

当天晚上，我在床上一直辗转反侧。我想起第一次迈进这里，是母亲带我来过夜，她已经与继父交往半年。我问母亲，我们为什么在这里睡？我们不回家吗？妈妈你为什么不和我一起睡？母亲低着头，我只记得她低着头，然后记忆就在这里断裂。不久之后，我也搬进来。屋子面积小，只有两个房间，我的床就摆在了过道上。母亲买来粗针粗线，把旧帘子缝成厚厚的三层，将床围成一个不规则的圆弧。整个青春期，我就在窗帘后面，谛听世界的动静。趿拉趿拉的拖地声，就是"她"。"她"也很好奇，我在帘子后面做些什么。

母亲说，储藏室清扫干净了，你可以在里面搭个床。我拒绝了，还是睡在了帘子背后。尽管我有意回避，然而夜半之中,"她"还是出现了。凌晨五点半,厨房里的灯准时点亮。"她"穿着那双陈年旧毛拖,趿拉趿拉,声音像绣花针一样刺进耳膜。接着是烧水、摘菜,把"她"宝贝煤炉里的煤球逐一点燃。每天早晨,"她"在厨房里毫无意义地忙东忙西,只为了把全家人在那个日出的美妙时刻全都唤醒。然后,"她"会提着烧好的热水壶,兴致勃勃地提前一个小时为继父泡好茶水。兴致高的时候,强行拉开继父和母亲的房门,喊他们起床。我仍然记得"她"含混嗓音中唯一清晰的特质,和关于食物的记忆杂糅在一起,像一只在水面上蜷曲小腿的鸭子,昂起头,红掌拨清波。

老太婆的房间

"她"就死在这间屋子里,死之前,指甲灰长,手指枯瘦如鸭爪,抓落了墙上留有缝隙的一整块白墙灰。"她"不肯穿尿布,双脚已经不能下地,用手充满力道地撕扯,尿液横流。只会说客家话了,清濛话则几乎听不懂。说来说去，都是在骂人。尤其是骂母亲和我，在弥留之际，"她"明白我们并非亲人。脸颊降下去，眼珠升起来，没有几天了，继父用西洋参给"她"吊命。最后，像一根抛物线，眼珠慢慢地升到最高点，那根细绳也就断了。母亲盯着墙上抠出来的那个窟窿，她说日后要补起来。

葬礼上，"她"嫁到清濛之后久未联系的客家亲戚也来了。他们至今还住在土楼里，寒暄之中，照例请我们去玩。老太婆更加年迈的表哥偶然提起，"她"曾经好几年写信回去，说住不惯这里。他看着我们破旧的住所，补充说，幺妹从小住土楼，一整个宗族在一起，可能当年住不惯这种独门独户的公寓。他还说，幺妹年轻的时候除了个子矮小些，长得实在秀气，一双手巧得很，无论是采茶还是卷烟，速度都是最快。

他伸出手掌，模拟动作，满堂尴尬。又是一个寂寞的老头，众人散去，只留下我和他坐在角落里。

可是当下我没来由地想起那些葬礼上的细节，想起他们眉眼间的相似。宽广额、浓平眉、内双眼、直而秀挺的鼻子……客家话，若要夸赞一个人的相貌，除了靓或者正，就是斯文和秀气。继父脸上是清濛与客家相貌的结合，尽管他的斯文和秀气都是虚晃一枪。而第一次见到容声，母亲将他看了又看，就看出了客家人相貌的痕迹。她什么也没有多问，只问了他父母的籍贯。我说他母亲是客家人，母亲就猛地一惊。

她问我，也住土楼吗？我说没有的，他母亲是广东梅县客家。

她说，哦。

这个语气词里究竟能够包含多少丰富的含义。可是母亲没有再说多余的话，她越来越惜字如金。几年前，容声第一次提出结婚，母亲没有答应，她说你们其实还小。这来自传统的母亲之口，多少我都感到了一丝震惊。后来，容声提出了同居。我把在上海郊区租住的房子开疆动土，搬进了容声离上班地点更近的一室一厅小公寓。

第一次开火做饭，我们俩拥挤在不到三平方米的小厨房。总觉得，我们好像已经过了很久这样的日子，当他给我系上围裙，或是把洗菜盆从这一头端到另一头的时候，中间要绕过的障碍物是我。他从不踮脚，甚至不用碰触我的发梢。像一颗在流水线上运转的陀螺一样流畅。

"谁让你长得那么矮呢。"

"你也高不到那里去啊。"

可是炸茄子的时候,很快地遭遇了失败。茄子吸油太多,像霉干菜,扭成了一股苗条的形状。炸茄子的油剩在一个干净的白瓷碗里。容声很吃惊地问我,你要干吗。

我说,倒了多可惜。留着炒菜啊。

他的眉毛跳了一跳,科学上来说,肉眼并不可见。你不知道炸过的油里是有致癌物的吗?他说得比较委婉,一定在脱口而出之前,顾虑到了我的感受。科学家都这么说。

阔叶树林的浓叶在我们的头顶织网,母亲在电话里问我,什么时候会到立秋。立秋那天,母亲坐飞机来了上海,她没有质问我未婚同居的事情,毕竟节气已过,木已成舟。

容声问我,你妈妈为什么会是那样子的呢?我说,是什么样子的呢?容声说,她做汤的时候,怎么能直接用大汤勺尝味道呢?她不是应该另拿一个小汤勺吗?还有炒菜的时候也一样,怎么能用锅铲尝味道呢?我说,不仅如此呢,我们每天吃的菜,都是超市九点钟以后的特价菜,你没发现,菜叶都有些黄了吗?

他说,发现了。他还发现,母亲用一个印着红字的大白瓷缸子,专门用来盛煎炸过的油。

我说,按照科学家的看法,我们家的人,都已经癌症晚期了。

这话一说出口,我就觉得身上发冷。

母亲说,这都是些生活琐事,你也不能怪容声。想起来,容声嫌弃我脏,就和当年我们嫌弃老太婆一样。

我大吃一惊,一样!怎么会一样!"她"是会把自己吃剩的食物,再倒进锅里让别人吃的人。

母亲说,"她"年轻时节俭惯了。而且那时候,"她"已经神志不清了。也许有一天,我也会是这样的。或许现在在容声的眼里,我已经是这样的了。

她看着我,皱起了眉头。奇怪,最近老是想起"她"。

那时还没有料到,这是幽灵出现之前的征兆。母亲回到清濛后不久,储藏室里的灯泡就开始出现问题。清扫完储藏室的第二天,我陪着母亲去了百货公司,买了全新的墙纸。吃晚饭的时候，母亲露出了释然的笑容。

可是晚上睡觉之前，我又试图将母亲拖入回忆之中。母亲问我，你是要写小说吗？你不是已经很久没有写小说了。

我能看得出，她很勉强，背过身去，停顿了很久很久，我以为她睡着了。千禧年，也就是十七年前，她和继父登记结婚，老太婆住着这个房间，客客气气，做事也很有分寸，只不过一切只是刚刚开始。那时，母亲每个月付伙食费，而老太婆坚持要退回，"她"表现得挺大方，看不出过去生活拮据的痕迹，也很热情，似乎性格从没有受到过什么凄厉的摧残。一家人，我怎么能收你的钱呢？那时老太婆的耳朵只聋了一半，说话的声音也还没有那么响亮。时隔多年，细节又开始在水面上探头。

"她"什么时候开始吓到你的？

就是有一天半夜醒过来，发现房门打开了，老太婆站在阴影里，从那时起，"她"就开始扮演鬼魂的角色。在冬天，"她"一骨碌地钻出被窝，身着内衣，旋开房门上的圆形扣环，闪身进来，帮继父盖盖被子，再端详一下他熟睡的面容。第一次，母亲吓到几乎失声，而"她"转瞬之间，像一只灵活的驼铃，嗖地一下转身溜走，显

幽灵　109

示出年轻时采茶身姿如燕的风采。后来,"她"就安静地盯着人看,眼睛很大,然而瞳孔的颜色逐渐淡去,变成一个安静的深坑。有什么东西在母亲心中轰然倒塌了。

母亲因此落下了心脏的毛病,直到"她"死后才得以好转。"她"死的时候,母亲或许也露出了释然的微笑,和今天晚饭时一样。尽管事后证明,一切不过是虚晃一枪。葬礼上,我还记得,我自始至终,都和"她"的表哥坐在一起。那个年迈的表哥,沉溺在过往不知所云的回忆里,我很快发现,他原来是老年痴呆。他拿着一支铅笔在画土楼,"高四层,楼四圈,上上下下四百间;圆中圆,圈套圈……"可是纸上只有一些宛如缠成一条毛绒线的线团。他温和地看了我一眼,却什么话也没有说。我虚度了那个下午,和他在一起,毫无交谈。

后来,我在上海遇到一位长得很像"表哥"的老人。也是老年痴呆,和家人一起坐公交出行。他将容声误认为自己的一位故人,拉着他,一路上不知所云。而容声一直温柔地点头,他的耐心,是细水长流的,那是我爱上他的时刻之一。

还有很多诸如此类的时刻。例如他曾经告诉我,容声这个名字，来自他出生时家里新购置的一台冰箱。容声冰箱？我们都笑了，笑得有点傻。他不好意思地眨眨眼睛，扭过头去。

在我们一起上过的课堂里，老师说，诗人是童年的未完成。我看了一眼他，他还是坐在角落里，心不在焉。后来有人问他，容声你对爱情的期许是什么呢？他想了想说，生活的出口吧。

我并没有真正理解过什么出口，就向他表白了。我想起母亲反对我们在一起时那种坚决的神情。后来的事情全部像一张混乱的胶片一样粘着在我的脑海里，要把它一一取出，必须经历一阵剧烈的疼痛。就像"表哥"那些交缠的毛线。

现在，这些毛线又出现在我面前。我从来没有和容声提起过"她"，说到继父的时候，也从来只是只言片语。当我试着和他说起"她"的时候，他有点兴奋地说，我能把"她"写进诗歌里吗？我的手凉凉的，立秋一过，冬天到来的时候，体内的湿气又会开始使我手脚冰凉。我说，不行，这个"她"，我是要写进小说里的。

我明白，这些线条汇合在一起，也只不过是一幢能够在旅游广告上看到的圆形土楼。那是"她"整个少女时代居住过的地方。如今,当我凌晨五点半再见到"她"时,我突然好奇起来,过去的"她"是个什么模样?我甚至想让"她"转过头来,看看如今的"她"是否更加苍老?这种突如其来的亲切感,着实令我大吃一惊。

也许我后悔了。关于葬礼上的那一个下午,我没有和"表哥"交谈。尽管我并不难过,在当时却毫无心情。他或许死在几个月之后,或许几年之后,尸体从土楼里被抬出来,只留下那些看起来毫无意义的线条。关于"她"的过去,我只能去问继父。

他睁开醉意蒙眬的眼睛,十年过去,他酒喝得更多。我没有料想到的是,他也是不愿意回忆的人之一。他说他父亲很早就死了,他母亲一人把兄弟姊妹六人带大,在竹编厂打工,低着头编竹筐,傍晚去菜市场的菜摊买最后的特价菜。他咄咄逼人地问我,你还想知道些什么?

当母亲回忆到"她"死前的那一段生活时,我已经因为工作关系,临时赶回了上海。容声的新诗集吸引了好几个知名评论家的注意,称得上是大获成功。他兴致勃勃地和我谈起发布会时的情况,又问候了我们全家人,可是没有提起"她"。我很想对他说,其实我这一次回清濛,"她"才是主角。可是他不会理解的,随着时间推移,他也不会再相信,我能够真真正正地,把"她"写进小说里。

母亲没有回复我微信,过了很久,她敲进了几个字。"你一笔带过吧,我不想再回忆了。"

"她"死的时候我还在大学里,已经半年没有回过家。寒假回家,"她"离死亡还有两个月。有一次护工不在,我扶着"她"上厕所。起身的时候,失去力气,"她"连同未拉尽的屎尿一起跌倒在我身上。和母亲朝夕相处的就是这样一个"她",比以前的"她"更加让我感到恐惧。从前,"她"只是渐渐地开始不把我和母亲当作是一家人。例如,将祭拜过的蔬果,全部藏进那间屋子里,等到发霉生虫之后,掏出来给女儿吃。或者,炖老鸭汤的时候,一个人守在热锅前面,一边热,一边吃,胃口奇好,能一口气吃下一只鸭子。耳朵完全聋了之后,说话更加大声,几乎是刺耳,每天清晨五点半,在厨房里奏响交响曲。而半夜,又自由出入于母亲和继父的房间。神态安详自若,甚至有些大义凛然。

　　没有空间感,"她"不知道私人空间的重要性。十二岁,当我迈入这个家的门槛时,"她"的耳朵只聋了一半。母亲和"她"商量,我是个女孩子,能否与"她"交换,让我住进房间里,"她"大吃一惊。每天晚上,继父为她按摩背部,一圈一圈,红花油慢慢晕开。而"她"毫无避讳,躺在床上,房门大开,风油精浓烈的味道和饭菜混杂在一起,我只觉得自己吃下了一碗薄荷。所以,每天清晨五点半,"她"起身烧水、摘菜、生煤火,一切都是如此理所当然。到六点钟的时候,"她"就决心把自己的儿子喊醒,当然了,还有母亲。"她"仿佛又回到了土楼里,在声音逐渐远去的日子里,脑神经浓烈地灼烧起来,"她"必定意气风发、干劲十足。六十年前嫁到清濛,日复一日,"她"写信回家抱怨,独门独户的小院门,连转个身子也会不小心摩擦到妯娌的衣裙。六十年之后,"她"终于在儿子购买的更狭小的公寓里获得了主权。

　　我说,既然"她"是老年痴呆,那"她"可能以为自己再次回到了土楼吧。就像那个离死期也并不很遥远的年迈表哥,用一支铅笔,画来画去,也只会画土楼而已。

我说，妈妈，真奇怪，最近我也老是想起"她"。

我对容声说，我一定会把小说写出来的。他说，嗯？你已经写了很多了。我说，不，这一次我一定会写得很好。可是他没有在听，他开了一瓶红酒，脸颊红通通的，他在亲吻我的耳朵。他的动作，像小猫一样轻盈，即使是在意乱神迷的时刻，他也没有完全失去优雅的体态。这就是我所认识的容声，尽管他一开始只是一台冰箱，可是后来，无论生活富裕与否，他都要求自己活得干净透明，不想要的东西，他不会吸纳进去。我们在一起做梦，很多年了。我和母亲说，我要嫁给容声，他会是一个温柔可爱的丈夫，母亲说她从来没有怀疑过这一点。那么，为什么呢？为什么我不能嫁给他？现在我已经不会这样问了。隐隐约约，我好像听到了什么声音。

我以为它来自我的心脏，那里游离着容声苍白而细长的手指，有一种透不过气来的感觉，像是暴风雨之前水底潜藏的水压。可是，当它露出水面之时，我就看到了"她"。

准确来说，那也许并不是"她"，而是一个扎着双股羊角的少女。眼睛极大，眼窝深邃，眉形粗而平展，鼻梁俏直，鼻翼宽大。"她"戴上一顶防日晒的草帽，走进露天的厨房，点燃煤球，加进开水，把碧绿的菜叶子，一把一把地洗干净，全部拾掇整齐。然后，"她"扶一扶弯累了的腰，走上三楼。圆环的结构，一层套叠一层，冬暖夏凉，木制的楼梯扶手散发幽香。所有的线条都在汇合，一笔一笔，粗细匀淡衬托出的，是廊檐、庭院、木梯、门窗、婚床、绣鞋……"她"逐间逐户地喊过去，声音并不大，轻盈尖细。

像一群燕子，打散在清晨的天光里。那时候，"她"还没有遇到继父的父亲，还没有嫁到清濛。还不知道，自己将永远离开土楼，住进公寓。还不知道，自己未来的丈夫几年之后就将死去，留下六个孤苦年幼的子女。

也不知道到自己年老之后，会残破到何种境地。

容声的双腿岔开了，他像一条鱼，在凉凉的海滩上，一半是海水，一半是沙滩，他可以挣扎或者停下。在丰满的肌肉缝隙里，撕裂开了一个一尺见方的倒三角缝隙。透过去，我看到"她"的脸，千真万确，藏在阴影里，是"她"吗？有什么东西扼住了我的喉咙，我意识到，尽管我们赤身裸体，然而终究随时可以清晰分离。热流上冲，气温上升，可是忽然之间，起风了。风探过窗帘，像一双手，拂动墙上的那一串佛珠，它毫无征兆地响起来。这时候，"她"就消失了，有些忌惮，也像突然间受到惊吓，转身之间，像一只灵活的驼铃，嗖地一下溜走了。

第二天，我对母亲说，昨晚我又见到"她"了。

母亲说，哦。

这是一个陈述句。

发表于《台港文学选刊》2017年11月刊

小梨园

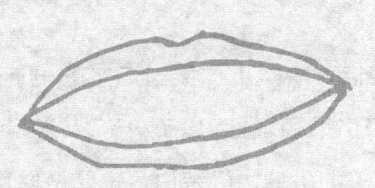

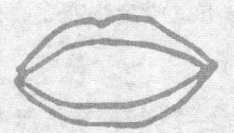

临时搭建的小天棚上有个开口,刚过九点钟,在地板上流泻出一条刺眼的流动光斑,像某种形貌可疑的雾气。我怠惰地坐了一会儿,还是挪了挪凳子。昏昏沉沉,撞上了一个怀抱公文包的男人,他表示不要紧,挥挥手,凑上来,问我是范鸿艳的什么人。我想了想,我说,小学同学。他点点头,好多年了,他说,这么多年了,你真够朋友。

　　我不知道该如何接话。事实上,接到母亲的电话,她说,范鸿艳死了。我还很认真地回想了一下,范鸿艳这个人,及其她和我有关的事情。母亲说,主要是你也要回清濛一趟来办手续,买主那边,我已经和他谈得差不多了。真的要把房子卖掉么?明知故问,我还是多说了一句。她停了一下,声音都变了,你干嘛,我们不是说好了么。

　　其实也没有很多年,事情发生在1995年。掰着手指头数,很快地,就到了1995年。只是我没有想到她那么年轻就死了,据说纯粹是个意外。车祸,那个男人对我说,车头在急刹中顺时针转了半圈,撞上护栏。一根金属钢架横插进了她的肋骨。在这里,他指了指自己的肺部,都刺穿了。我不知道他为什么要和我说这些,却还是莫名其妙地点了点头。

1995年,这附近还被叫做城西县后村。刚刚搬进来的时候,父亲的酒喝得很凶。母亲说,父亲一旦还完开办塑料厂欠下的贷款,那状态就像一个抽掉气体的轮胎,无论如何,总得要塌陷一阵子。可是我总疑心父亲究竟有没有顺利还掉所有的贷款。母亲说这句话,一半是向亲戚朋友解释,另一半或许是说给自己听。这样的把戏在他们的婚姻里屡试不爽,直到他再次提出一个新的创业计划,而她也强打精神,对他重拾信心。只是这一次连我们在聚宝街的骑楼店铺都卖掉了,我记得那一次,最后一次,我们的家里堆满了味道浓重的塑料制品。母亲傻站着,她的眼神很绝望。父亲走上楼来,喝得醉醺醺的,他满脸通红地说,我不会让你们失望的。

我的父亲是个商人,他做过许多各式各样、五花八门的生意。在做这些生意之前,他曾经是个国企的工程师，直到有一天，他默不作声地辞掉工作，对母亲说，我不会让你们失望的，那或许就是灾难的开始。父亲卖过烤鸭、空调、内衣、自行车和塑料，他一会往南跑，一会往北跑，像清濛雨后满地流窜的蚂蚁。我跟着他，在珠海读完了一年级，刚学完减法，插班到广州，发现大家都在算复合加减，我成了个傻瓜。我和我的朋友们，今年夏天刚刚兴奋地交换过秘密，等到秋季开学，我已经坐上火车翻山越岭。我记得那种绿皮火车的气味，清晨的阳光从玻璃窗上跳进来，我的眼睛跟着它移动。我坐在窗边垂泪，父亲走过来，在我的对面点燃了一支烟。他说，宝贝，我不会让你失望的。

等我们搬到城西县后村，酗酒似乎让父亲的身体再也走不动了。母亲在镇政府拐角的粮油店里找到了收银员的工作，她每天带回一些袋装的调料，酱油、料酒或者陈醋，有的时候，是一些开封过的罐头。去拿一个玻璃瓶来，她对我说。然后把它放进冰箱里，每天中午，我会舀一勺放进饭里，香菇肉酱，猪脚肉丁或者是丁香鱼，这就是唯一的肉菜。父亲不在家，他结交了新的朋友。起码这些朋友不会带着他投资，母亲恶狠狠地扒了一口饭，然后说，他不会回来吃饭了，他喝酒早就喝饱了。你把它们全吃了吧，你——把——它——们……母亲说得很用力，我吓一跳。

其实，是因为门铃响了。刚好在饭点的时候，范鸿艳摁响了我们家的门铃。她是来替她的母亲要一点废弃的塑料的，她的这一举动让我母亲很是惊奇。她是从哪里听说了我父亲曾经开办塑料加工厂的壮举呢？母亲用一种很克制的语气说，不好意思，都处理掉了。范鸿艳说，哦。并没有马上走开，双手背在身后，仍旧站在门廊那里，于是我母亲只好说，进来坐坐吧。你吃过了吗？

这实在不是个合适的拜访时机，房子里乱糟糟的，桌上是吃到一半的简陋饭菜。我还在就舀一勺还是两勺罐头肉酱和母亲讨价还价的时候，范鸿艳来了，并且说，没有，我还没吃饭。母亲显然显得有点没有头绪，她站起来，又坐下了，然后又站起来，从厨房里打了最后一碗饭，放到了范鸿艳面前。吃吧，她说，一起吃吧，可惜没有什么好菜。说话的时候，她没有抬起头看范鸿艳的眼睛。

后来，有好多次，要吃饭了，我就会不由自主地看着门铃，想，范鸿艳差不多该来了吧。当我们成为朋友之后,她曾经对我说,你们家的伙食真差。可是事实上,每次她都吃得一干二净。有一次,在没有她的饭桌上,母亲说,居然连酱汁都吃掉了。

父亲揉揉惺忪的睡眼。他酒醒了吗?醒了,还是没醒?他说,谁是范鸿艳?哪个范鸿艳?

母亲说,就是那个梨园剧团扫厕所阿姨的女儿啊。

其实我很不愿意回忆这些,可惜再更早一些,关于父母的记忆,都模糊一片。葬礼上请来的戏团开唱了,青衣热得满头大汗,丑角的帽子也被撞歪了,插科打诨的内容像一出方言版的相声,我身旁的男人忍不住嘿嘿笑了两声。他略显不安地拿起帽子来扇风,他说,我们小时候常常听这种戏的,是不是?

这时候,范鸿艳的母亲走过来,每次有新客进来上香,她就要跌坐在灵前,抓住时机重哭一次。她瞄着门口,很平静,转眼之间就大声哭号。现在换成范鸿艳的姐姐哭,于是她母亲走到我们面前,和我们都点了点头。

她变了些,我想起曾经在一堆废品之上,她抬起头,一双又大又温柔的眼睛,可现在它只是两块红肿的凸起。她没有认出我来。她当然不会再记得我,我却怀有这种期待。母亲说，范鸿艳母亲一直很羡慕你到了上海。在母亲眼中，她所有的朋友都应当羡慕她的女儿。我害怕她会一直说下去，例如说，不像范鸿艳。

她说，就是那个梨园剧团扫厕所阿姨的女儿啊。记忆卡在了这里。我试图回想起更多确凿可靠的细节，母亲并不总是那样的，也许在父亲生病之后，她就完全变了。1995年底，她在阳光之下举着那张化验报告单，对很多人说，我现在知道什么叫做绝望了。肝癌晚期，父亲的脸白得像从家里被清理出去的塑料泡沫。于是我开始每天和范鸿艳在梨园剧团门口游荡……她不再在午餐时间过来，而是在该睡午觉的时候，她就偷偷地溜进来，对我说，我带你去一个好地方。

想不到范鸿艳小时候喜欢梨园。他说。

接下来，他点燃了一根烟。我以为他要说些什么，关于范鸿艳离开城西县后村之后短暂的人生，可是他不再开口了。几个身穿孝服的小姑娘手拉手走过来，他说，他们真可怜，这么小就没有妈妈了。我仔细一看，一共三个，最后一个是男孩。

第一次走进范鸿艳的家，我问她，你的爸爸呢？她将嘴里的一块大大泡泡糖扯得老长,然后再卷起来放回去。她说,院子里的人都说你爸爸得了怪病,是什么病?

我摇摇头,我说我不知道。

她朝天吹起一个大泡泡,破裂之后,粉红色的糖渣粘在了她的鼻翼上,我没有提醒她。她说,我们到后面看看。

我们绕过了芋头地,几丛芦苇秆子,再绕过一段污浊的内城河,那时候还没有开始治理环境,河面上到处漂浮着生活垃圾。一九九五年,在国企职工宿舍楼到单位大门之间的距离上,有一片荒地,零零星星地坐落着几间匆忙加盖的平房,有的甚至没有粉刷外墙。这是临时工的房子,范鸿艳的母亲作为清扫阿姨,勉强挤进了临时工的行列。后来企业再也发不出工资的时候,梨园剧团来了。剧团还在荒地的后面,内城河后面的后面,再绕过几株两人合抱的大榕树,正对着它的后门。早在我来到大杂院前,她就开始经营她的秘密了。而她一开始并不带我来这里,也不带我回家。我想象着她忙碌的一天,清早就爬起来听剧团里的演员练声,喝过榨菜稀饭,趁着她母亲上班,去她母亲昨天带回来的破烂里寻找闪闪发亮的配饰或者是布料,运气好的话,还能找到过期的胭脂盒子。中午,她摁响了我们家的门铃。吃过午饭,趁着所有人都在午睡的时候,她会偷偷地从后门溜进她们的练功房……

她用一个饼干盒把这些装起来,收获颇丰之后,她又偷拿了一个纸箱子。在几株很大的榕树之间,一定有一株,年纪最大,它的根须在往地底下扎。刨开不很深的土,就是这些宝贝。她说,有亮片的你不能拿,其他的随你挑,我可以送你几个。

掉了钻的或者锈迹斑斑的银簪子,揉成油条状的水袖,拧成一股绳的流苏腰带,还有一件被洗得发白了的亮片袍子……那时候我还在收集彩色的电线往头上戴,惊讶得目瞪口呆。她有点得意,快速地拣了几样放在我的手上,然后马上盖上了箱子。可是忽然之间,箱子又被打开了,她朝我眨了眨眼睛,我唱一段给你听,你听着。

她蹲下去,挑了所有有亮片的东西往自己的身上穿戴,很有章法,按部就班。每次梨园剧团演出之前,她帮她的母亲提水桶,常常东西一放就溜到了后台。她个子瘦小,可以藏身在衣服之中,看着那些青衣和花旦换衣服、上装，啃瓜子、调笑、把嘴张成O形漱口。如果不是这大热天，我想她一定会拿起过期的胭脂盒子往脸上涂。退两步，进一步，都是踢踢踏踏的小碎步，把水袖伸直出去，又往两边打开，左右膝盖交叉半蹲，侧着头微低。她的嘴里咿咿呀呀，唱着什么我已经完全忘了。阳光打在那些生锈的亮片上，她停下来，牙齿亮晶晶的，还有额头上的汗液。

每天中午，母亲从粮油店赶回来，要先去医院送饭。父亲一日一日地对食物越来越任性反复，然而做好以后，他又嫌恶它们的样子或者味道。在门廊那里，母亲很粗暴地把鞋子踢到自己的面前。有一次，她走出门了，又折回来对我说，如果有人问起你爸爸的病，你就说不知道，明不明白？

我点点头。

然而如果问到的是其他的问题，我就不知道应当如何回答了。每次到院子里的大榕树下吸绿豆棒冰，总会有大婶老太太们用复杂的眼神看着我。后来，终于有人忍不住过来问我，她说，你们家究竟欠了别人多少钱？

我张开了嘴巴，张开了又闭上了。大家都默不作声地看着我，那一瞬间，我好像站在舞台中央，用一种踢踢踏踏的小碎步粉墨登场。我想起有一次和范鸿艳去看梨园，戏台就搭在菩萨庙外面的空地上。有一个女演员上场，所有的人忽然之间都站了起来。范鸿艳说，这是红角，是艺术家，是……她词穷了，倒在草地上，把芦苇秆子咬在嘴里，总之是剧团里最厉害的人。

　　这个问我的人，就是范鸿艳的母亲，凑得很近，我能闻到她身上浓重的汗味。后来，她招呼我到她家，刚进门，我就看见范鸿艳伏在板凳上写作业，咬得铅笔头上的橡皮擦簌簌地掉落，我知道她在装模作样。她母亲说，家里不是有个糖罐子吗？你拿过来招呼小伙伴啊。

　　范鸿艳爬上一截窄小的梯子，拿下来一个那种超市的货架上才能够看到的，透明的大玻璃罐子。看得出，那是一些颇费时日的珍藏。我这才想起来，每一次到她家，她几乎从来都没有请过我吃东西。她把手指头伸进去，刚好拿到了一块大的巧克力。然后她把它放回去了，往下伸了伸，拿了两块中等偏小的果汁软糖出来，对我笑了笑，迫不及待地撕开包装纸就往嘴里塞。

　　她的母亲坐在一堆废品中间将它们分门别类。纸皮、矿泉水瓶还有生锈了的铜铁制品，都是可以卖钱的。她时而抬起头招呼我，眼睛又大又温柔。整个家里只有一

小梨园

台不能摇头的小电扇,我坐得满头大汗。到了傍晚时分,她母亲没有起身去做饭,也没有留我吃饭。于是我说,我要回家去了。

太阳已经完全落下去了,母亲还没有回家,这很不寻常。我饿着肚子等了很久,然后把中午的剩饭泡了开水,舀了一大勺扎扎实实的香菇肉酱拌进去。我想我的父母亲,或许又在医院里为了饭菜的事情吵架。母亲半夜里常常会哭,会失眠,有时候甚至会叫醒我,和我说一些听起来有点奇怪的话。

我不知道父亲的病情从哪一天开始急转直下了。我也没有想到,当天应当留一点剩饭给母亲。我躺在床上,期待着明天和范鸿艳到梨园剧团门前的闲逛,仿佛自己不用上学,每天都逍遥自在。母亲没有发现我逃学的事情,在那些日子里,她常常看不见我,也听不见我说话。大清早,我和范鸿艳站在剧团的门口吹风,那些演员有的时候出来练声,另一些时候,则睡着懒觉。在梨园申遗成功之前,大家的心里都有点惴惴不安。站在污浊的内城河边,范鸿艳捏紧了鼻子,我也学着样子。谁会想到近二十年后这里成为了清濛市地价最高的商品房之一呢?河流从我们的身上流淌而过,看着对岸,她问我,他们今天会出来吗？她用一根芦苇秆子在地上划着圆圈，我们都等得有点不耐烦了。

家长会之后，母亲发现了我逃学的事情。她的语气并没有很严厉，我的成绩让她的心动了一动。班主任说，可以去争取一下重点中学。母亲抬头看了看这所让我最终落脚的小学，一班和二班之间只有一块木头挡板。她问我，范鸿艳和你都不在一个班，你为什么和她这么好。她用一种开玩笑的语气说，如果我是你，我就不会选择和她做朋友。犹豫了一下，她还是对我说，范鸿艳的妈妈会偷钱，以后范鸿艳来家里，你也要小心一点。

我说我知道了。

1996年的夏天，梨园戏申遗成功，整个清濛都沸腾了。从此以后，我和范鸿艳每次绕到内城河后面的后面，只听到里面一阵哐里哐啷的响。在装修，范鸿艳说，这里很快就会焕然一新的。每天清晨，那些演员缓缓踱步走出来练功，声音异常的清铿嘹亮。因为装修，大门几乎是半开着，有一天中午，范鸿艳带我溜进了练功房，还有办公室。这次她没有指着道具和服装给我看，而是领着我一一看了玻璃柜里的奖杯。这是梅花奖，她说，是那个最厉害的女演员的。我只是问她,你怎么懂得这么多。那个红角,那个艺术家……我试图回忆起她的长相、身段或者穿戴,但我什么都想不起来了。

太热了,我靠着墙坐下来。

范鸿艳说,我不想再读书了,我想唱戏。

哦,我说,唱戏好啊。

范鸿艳说,可是我妈妈说,只有读书可以改变命运。

我仰起头,喝了一口水。我想起她母亲,又想起我妈妈。她母亲抬起头,一双又大又温柔的眼睛,还有一双粗糙的手。

她本来直直地站着,突然低下头问我,为什么你都不上学,还能考得那么好?

我说我不知道。

后来我上中学以后就再也没有见过范鸿艳了,我对身旁的这个男人说。是吗?他很惊讶地说,那么我正好是她的初中同学。

你考上了重点中学了是吗?然后一路都成为了好学生。陈述句,他说这话的时候并没有一点戏谑的语气,又点燃了一根烟。

我想起那天下午，范鸿艳在我们家玩，她突然说，你的录取通知书到了吗？拿来给我看看。我爬上梯子，拿下来，她拿在手上，看了又看。忽然笑起来，你们的设计真的好丑哦，她说。她并没有像当年站在那棵榕树下，对我眨眨眼睛，没有顺便说，你也来看看我的吧。她没有发出邀请。

这不是人之常情吗？

她结婚的时候没有邀请我，生了好几个孩子，就为了最后生到一个男孩子，这些我都一无所知。在漫长的时间里，连同那条被掩埋的河流，范鸿艳像是完全消失了一样。我在上海，常常刻意地想要忘记清濛，忘记母亲对我怀抱的巨大期待。在父亲的葬礼上，母亲终于看到了我，走过来，用双臂挤压我的肋骨，她说，宝贝，我现在只有你了。

父亲去世的那年，城西县后村也面临拆迁。我考上了中学，母亲说，我们要搬家了，而你从此就要住校了。这些所有重大的事件交杂在一起，以至于我完全忘记了我是如何和范鸿艳分手的。也许，我们之间的分手还要更早一些。冬天还没有过完，医生说，父亲可能撑不住

小梨园　133

了。母亲的表情早就已经麻木了,她只是用一种命令的口吻告诉我,让我不要到处乱窜,尽可能多地待在医院里。于是,梨园剧团失窃的时候,我正百无聊赖地坐在病房里。第二天晚上,家里出现了一个戴着帽子的中年男人。母亲说,这是剧团里的叔叔,就是这附近梨园剧团的团长。母亲的解释是多余的,其实我们早就熟识了,他摘掉了帽子,蹲下来盯着我看。

那天一定有哪里不对头。在我进屋之前,他们曾经热烈地交谈过,母亲的脸憋得通红。我把书包放在墙角,想去洗洗手坐下来吃饭。可是灶台上没有饭,甚至厨房里的灯都没有打开。在舞台上,他专演老人。脱下了戏服,我才发现他并没有那么老,目光精明,就是不说话。母亲要开口了,他做了一个手势,然后他说,小音,你叫小音是吗?昨天中午,你还记得你在哪里吗?

我说,在医院。

你一直都待在医院里吗?

我有点莫名其妙地看着他,他的脑袋圆滚滚的,转来转去。

他又问我,小音,你昨天中午,是不是见过范鸿艳?

我没有马上回答,那天一定有哪里不对头。在他身后，是没有开灯的厨房，客厅里一半是黑的，只有在门廊这里，亮得通透。母亲站在稍远一点的地方，我避开了他的眼睛，也避开她的，但我能感觉到她灼灼的目光。那天家长会，我站在窗外，忽然之间，母亲转过头来，死死地盯着我看。像被钉在了原地，没有商量的余地，有一种冰凉的东西使我凝固。母亲说，老师和我说你总是逃学，从来不写作业。母亲的话听起来没有起伏，没有温度。那天傍晚，越过他的肩膀，我看到太阳已经完全落下去了。

我说，我这一整个礼拜，每天中午都待在医院里。范鸿艳在哪里，我不知道。我爸爸就要死了，我没有心情去关心别的事情。

他没有再看我了，仿佛不知道说些什么好，摸了摸我的头。他把带来的点心盒子打开，让我挑自己喜欢的，我挑了一块豆沙的，一口吃不完，酥饼的碎渣子落了满地。我还想再吃一块枣泥的，然而不知道为什么，突然之间，我很想哭，我感到非常无助。母亲站在那里，像一棵树，父亲躺在医院的病床上，像一根枯藤。我感觉到我好像从来就不认识她，或者他。一闭上眼睛，我就有一种头晕目眩的感觉。

这个男人很温和地对我笑，但这比什么都糟。我想说，我但愿从来就没有认识过范鸿艳，我也不会逃学，父亲也不要辞职卖塑料。但我说不出口，这不都是人之常情吗？

我最后一次见到范鸿艳，是在父亲的葬礼上。答谢宾客的宴席结束后，我走出来，看到她已经走到了饭馆外面，一只脚在地上画圈，半个身体倚靠在外墙上。我靠近了她，一些刺眼的光斑撒在我们中间，颜色在流动。像一根有弹性的皮尺，她直起身来，看着我，眼神中没有犹豫，没有悔恨，也没有愧疚。我看过去，什么都没有，空空的，像在我的胸口，凭空凿出了一块空洞，下雨了会漏水，就算是晴天的时候，也会簌簌地走风。

或许在第二天的早上，她还会溜到隔壁班级的窗下叫我，拍打三下，像往常一样，我一跃而起。隔着一块摇摇欲坠的木板，整个班级混乱得像一锅煮沸的饺子，大家都没有想到未来，而整个城西县后村，都在等待拆迁的文件。我们一起溜去梨园，梨园已经停止了装修，着手准备搬迁了。故事就要结束了，戏也唱完了。当天或者有戏看，或者没有，一切都要碰碰运气。城西县后村马上就会从地图上消失,在那个夏天的末尾,我咬着一根芦苇秆子,毫无意义地耗费着漫长的童年时光。长大之后,当梨园已成经典,看到一半,我还是会心安理得地睡过去。或许我从来就没有喜欢过梨园,只是害怕回家。我想,等父亲一死我就回家去。现在父亲死了,母亲却说,我们要搬家了。

拆迁办的人问我们,要房子,还是要钱。范鸿艳的母亲斩钉截铁地说,要钱。母亲犹豫了一下,她看了看我,还是要房子吧,房子写在我女儿的名下。

葬礼上,答谢宾客的宴席吃到最后一道点心的时候,我已经下定决心要告诉母亲实话,我没有在上海找到合适的工作,我决定回来。不用把房子卖掉了,千万不要卖掉,我留不了上海了。我已经掏出了手机,准备马上打给母亲,我怕我失去了这一分钟的勇气,又会想起她的目光。十几年前的葬礼上,她说,宝贝,我只有你了,你不要让我失望。我力争上游,然而现在河流改道了,城市的布景,每天都在发生变化。芋头地、芦苇秆子、内城河……在这个梦境里,只有父亲是真实存在的。他的牌位竖立在那里,进进出出,逢年过节,母亲都会说,来，来给你爸爸烧炷香吧。

在他临终的那段日子里，每一天，他的脾气越来越反复无常。大部分时间，他都在昏睡。睁开眼，就看到我坐在他的床边，无所事事地发呆，或者对着算术作业抓耳挠腮。他说，我求求你，你出去玩行不行？或者，你不要在这里烦我。又或者，他会直接说，滚出去，我求求你出去。母亲站在一旁，平静地把瘦肉、稀粥、鸡蛋和蔬菜用搅拌机打成糊状。母亲说，放学之后就马上过来，我不要再看到你和范鸿艳去梨园剧团鬼混，也不要再让我发现你逃学。

有一天中午，我昏昏欲睡地坐在父亲的床头，像往常一样，默默地忍受着。什么时候是个尽头呢？抬起头，我望向窗外，忽然之间，我听到就在窗户下面，有人用手指轻轻地敲了三下。三下，父亲的病房在一楼，刚开始，我以为是猫，或者路人，可是又有了三下，我走过去，范鸿艳在窗下，仰起头，看着我。她说，梨园剧团就要搬空了，你不去看看吗？再过几天，就什么都没有了。

我说，我妈妈不让我去。

哦？她是不是也不让你和我玩？

我抬起头，我想我一定露出了某种讶异的表情，我说没有。我又补充了一句，肯定没有。

于是她说，那我走了。可她没有马上走，双手交叉背在身后，在原地逗留了一会儿。然而，我们没有再说多余的话。我想她那天可能去了剧团，也可能没去。她生得又高又瘦的，有点驼背，看着她的背影，我才发现她走路是外八的。

"照你这么说，范鸿艳小时候，一定很喜欢梨园？"答谢宴结束了，葬礼收场了，这个男人主动提出开车送我回去。我在想，一会下车的时候，他可能会问我要我的微信。那么我一定得问问他是不是清濛人，或者是否打算在清濛定居。我想我一回到家，在喝上第一口水之前，就得告诉母亲我的决定。我用大拇指按了按自己的掌心，他又说，"她后来没有走这条路，一定伤透了心吧"。

母亲说，她那个身材，怎么唱梨园？母亲说，你看过那个女演员没有，那才叫做好的身段。她？母亲伸出一根手指头，挥了挥，没有天赋。

原来母亲并不是这样的。那天晚上，在戴着帽子的团长走了之后。母亲打开了厨房里的灯，整个人从阴影里彻底地走了出来。她说，我不相信你会偷东西，我决不相信。母亲浑身都在发抖，范鸿艳居然栽赃陷害你，这么恶劣的事情她都做得出来。傻姑娘，你还把她当朋友。

傻姑娘。当太阳升到了一天中的最高点，门卫也坐在桌子上打起了盹。她轻车熟路地就溜进去了，路上没有撞见一个人，门没有锁，四面都敞开着，到处是搬运得七零八落的物件，在她的脚下发出碎裂的声音。一切都乱糟糟的，锅、碗、瓢、盆，过时的头饰，打翻了的胭脂盒子，前几天穿过的戏服还搁在水桶里，她捏起了鼻子，像途径一条河流。她很瘦，可以轻巧地穿过路上的障碍，而不发出什么稍大的声音。整个梨园剧团都沉浸在疲倦的梦境里，没有人知道，曾经范鸿艳在这里穿行。像一条被抛甩出去的水袖，光滑地，顺着那个方向，也有一条河流，从身体里横穿而过。

她停了下来。或许她一开始并没有什么明确的目的，只是来向自己这一段探险经历告个别。她只是东看看、西看看，尽管现在满地都是废品，她却并不想要捡拾了。窗外斑驳的榕树树影里,她看到自己本人,左右膝盖交叉半蹲,侧头微低,嘴里咿咿呀呀地乱唱。个子过高,O形腿,还有点外八,这一切都是那么的不合时宜。她的母亲对她说,知识改变命运。她看着我的那本录取通知书,突然之间,有些不可控制的东西,从她的心里面慢慢地钻出来。她不是蓄意而为,但无法控制自己,挪不开步子。那个奖杯呈现在她面前,传说中的梅花奖,一个孤零零的铜制奖杯,在这么一个恰如其分的时刻,被睡梦中的人遗忘了。周围没有了其他的声音,只有风。

　　她悄悄地把手伸进玻璃柜里,那一天就像一个陷阱,门没有锁,玻璃柜也开着,而我也拒绝了与她同行。她的母亲,每次去别人家里搓麻将,都会带回来一些东西。有的值钱,有的不值钱。但她母亲是她母亲,她是她。从始至终,根本就没有人看到她,也没有人会想到,这个奖杯会和那些废品一起,被埋在了大榕树下面。

　　傻姑娘,她心醉神迷地盯着那个奖杯看。这个故事叙述到这里,才最像一个梦境。在很长一段时间以来,她母亲从没提过上学的事。等她走入学校,在一班上数学课的时候,能听到木板后面,二班正在伴着电子琴唱歌。每天放学,大多数人回家都能吃上一顿热气腾腾、货真价实的饭,除了她。某天中午,站在内城河边,她用那根芦苇秆子,在地上画着圆圈,听着我的抱怨。我仰起头,我说,为什么是我。

她没有说话,躺在榕树的阴影里,把芦苇秆子咬在嘴上。另一些芦苇,在对面的河岸上飘来荡去,底部已经开始枯萎。我明白,这个夏天就快要过完了。

下车的时候,我问他,你是清濛人吗?

他笑了笑,你听我的口音,像不像呢?

我摇了摇头。那不是否认,而是不知道。

他说,今年刚好办了同学聚会,我这里有范鸿艳的照片,我发给你,加个微信吧。

我看到抖动的窗口,许多张脸簇拥着,浮出水面来。一个个子稍小的女人看着我,身形很胖,搂着她的孩子,然而显得无精打采。

她胖了些?我说。

他有点惊讶,她瘦了,瘦多了,据说有点产后抑郁。

哦?她一直都这么胖吗?

初中的时候就是这样啊。她还说，因为她像爸爸，所以生下来就胖。可是她爸爸后来倒是瘦了，他 2000 年初就下岗了，一直都没有正式工作。

她爸爸？

怎么。

对不起。我已经走下了车，却还抓着门把手，他从驾驶座上转过头来。顿了顿，我说，范鸿艳三个字怎么写？

隔着玻璃窗，我看到范鸿艳站在一个空旷的大厅中央。那个戴着帽子的团长俯下身来问她，还是托着那一个点心盒子，她的脸憋得通红通红。她没有去接那一块豆沙饼，也一直没有开口说话。最后她说了一句什么，赢得了所有人的同情。看着她的口型，我模仿着她一字一句地说出来——"我不是坏孩子"。

她走出来，于是他们喊我的名字，叫我进去。她走到了我的面前，我能够从她的身上闻到风的味道，金属的味道，被汗濡湿的布料、铁锈，还有铜制品的味道。她本可以从另外一个出口，直接绕到门廊上，然而她还是径直往这走了，一动不动地，僵立在门边的一块桌子上，愣愣地望着房门。他们又喊了我一声，小音，你的名字叫小音是吗？于是她转过头来，仿佛这么久以来第一次，才看到了我。她没有回避我的眼神——我也没回避她的。我只是看向她，然后朝门内走去。

发表于《萌芽》2018年11月刊

山魈

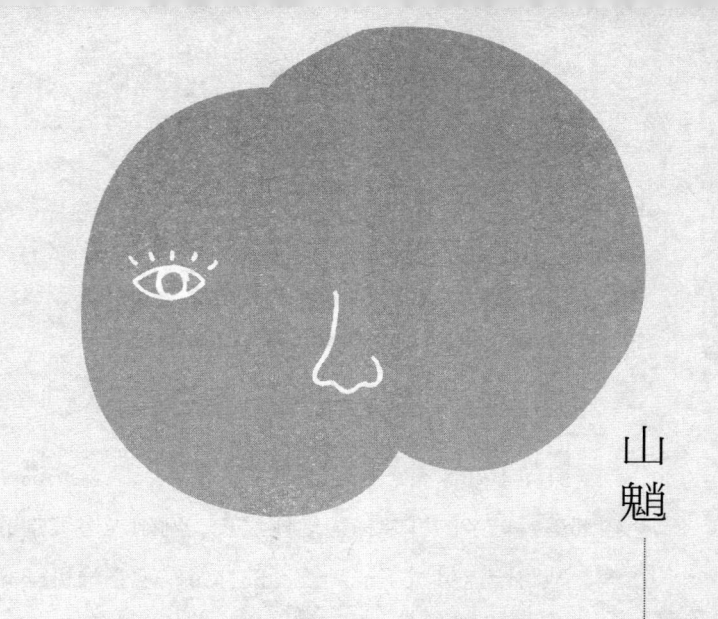

房间里好像有一些不一样了,那么,具体来说,是在哪里?母亲的耳朵稍稍地侧过来,刚刚走进灵堂的时候,她将脸盘哭成了一颗圆圆的柿饼,现在柿饼回光返照了,表皮撑开,下颌骨很方。外面有一些被阳光过滤掉的声音,灵堂里坐满了形状各异的老太婆,哭一阵、笑一阵,然后窃窃私语。缸窑话,懵懵懂懂,我总觉得有谁在盯着我看。不是阿太,她躺在那里,仿佛逢年过节我们围坐在她的屋子里聊天,聊得捱过了她的休息时间,她也不提醒,只是似睡非睡,阿蕾说,你看,她就像睡着了一样。我抬起头,仍然感觉到有谁在盯着我看。母亲忙着向一些守丧的老太婆介绍我,同时,四面八方有好几颗脑袋朝我点着头。很多眼睛,塌陷下去的深坑,像蛋白和蛋黄搅在一起,然后又颇为费力地转开。是谁呢?我不明白,她们又看出了什么。

隔壁卧室的窗帘全部被拆卸下来,我怀疑,有一部分是用扯的，因为很多的搭扣都坏掉了。所有的一切都是值得怀疑的，阿太上完厕所出来，喘着气，用手扶着冰凉的墙壁，就被送进了医院，医生说，来得晚了。晚什么？为什么晚？如果不是细细地述说，整个故事听起来都会让人觉得莫名其妙。可是阿太实际上已经九十几岁了，我没有说出口，只是停了停。阿蕾看着我，可是你外公……在我面前，她向来是无所顾忌的。外公讲完了阿太在他家上完厕所然后去世的故事，一阵唏嘘之后，阿蕾仍然要私底下指点江山似的对我说，可是你外公。我想了想，这就是阿蕾，点到为止而已，我也没有什么非反驳不可的理由。每次回缸窑村，我们俩都像是来度假一样。七天的春节假期，阿蕾要带三套大衣，两套用压缩袋抽完气，剩下的一套装在了我的箱子里。后来，阿蕾结婚，我搬来上海。从清濛到缸窑，阿蕾的丈夫负责开车。我能想象得出每一次临行的场景，从皮肤状态到服装造型，阿蕾都要一一亲自打点。尽管这所有的一切，都会在旅途当中被推倒重来，而阿蕾的丈夫站在汽车旁边，他笑起来总是慈眉善目的，和年龄不太符合，让我有那么一刹那间的恍惚之感。到了中午的时候，我已经赶到缸窑，而阿蕾会对我说，刚刚好上高速了。午

山魈　147

睡前，阿太问我，阿蕾的车开到哪里了。我只好随便编个地点，她点点头，我不知道她听进去了没有。

但这一次有点不一样，下午三点，阿蕾准时进门，拖泥带水的，背后跟着她的丈夫，她的儿子，还有一大包的行李，然而这些都无关紧要，我知道阿太要等的人就是她。毫无疑问，她是那么出挑的女孩子，站在一群农妇之间，在周围逐一塌陷的深坑注视下，她亮晶晶的，扑通一声跪下来，她说，外婆。

我的心松了一下，同时，又有什么东西碎掉了。转眼之间，人潮涌上，像海浪，不可控制，场面有时候会变得有些滑稽。照片背后，那床安静的薄被轻轻地动了动，是风，还是幻觉。而阿蕾的儿子突然之间不知从哪里钻了出来，他举着手里的花生对我说，这个节真是好，还有花生吃。从始至终，阿蕾都一直跪着没有站起来，而他们显然在对她说着什么。

是什么呢？阿蕾抬起了头，她看见了我，就用眼神示意着我照顾她的儿子，这属于我们之间默契的一部分，逻辑一直是清晰的，她回过头还找了找她的丈夫，带有点责备的意思。这个小男孩舒服地把头枕在我的大腿上，他的眼睛像蜜蜂，蜇了我一下，亮晶晶的。那年夏天，阿蕾怀孕的最后几个月,她在电话里央求我,无论如何抽出时间到清濛住上两个礼拜,陪陪她。然而事实上,她早就已经是个暴躁的孕妇,常常毫无来由地冲着我发脾气。我到达清濛的时间节点,恰如其分地填补了某种空虚。说不出口的,阿太只能对我说,她是你的亲小姨,你们一起长大,亲得就像亲姐姐一样。我点点头,阿太问我,阿蕾快到了吗?她到哪里了?

阿太已经不会说话了,她躺在那里,一动不动。和平时睡着了没什么分别,显得气色很好,或许比平时还更加好一些。我们都没有料到她没能捱过这个春天,就在十几天前,她计划着带我出去玩。煮一点东西给你们母女吃吃,她又说这样的话,当时的情景还是清晰的,然而没有滑过去的部分,就像逃不掉的细小鱼刺,会在食道口轻轻地扎一下。阿蕾结婚以后,衣服和鞋子更新换代的频率更勤,她常常打电话给我,让我去她家里取衣服,她甚至都不用问用不用、需不需要这样的废话,对,毫无疑问,都是些废话。母亲小心翼翼地帮我洗干、晾干那些旧衣服,一件一件地猜测着它们昂贵的价格,带着点不能明说而又无法掩饰的兴奋。在灵堂里,所有的后脑勺开始转动起来,其中一个是母亲,她把脸转向我，又大又圆的柿饼，亚热带的柿饼。阿蕾来了，她说。我默不作声，大腿上的小男孩睡着了，口水流到手背上。随着时间的推移，下午的阳光开始移动，所有的一切都明亮得有点不真实。是从什么时候起，我开始穿阿蕾的旧衣服了呢？如果我一开始从来就没有接受过那些旧衣服，阿蕾是不是仍旧会，在需要更新换代的时候第一个想到我。阿太说，她是比你的亲姐姐还要亲的人，我知道她所指的还有很多，比方说，在漫长的岁月里，阿蕾家一直在给母亲寄钱。而从我五岁开始，父亲去世以后，母亲就每天拉着我的手，从楼下走到楼上吃饭。她的饭量并不大，但还是会招来闲言碎语，阿太会在饭桌上说起，或许旁敲侧击，暗示着母亲多少可以交一些生活费。母亲只剩下一点点油滑的本能，就是这一点点，让她保持了沉默。说过了也就说过了，说过了也就算了。阿太是母亲的亲奶奶，隔了那么二十几年，她还能记得多少？可是她仍旧说，我要煮点东西给你们母女吃吃。

我一转头就把阿太这句话当成笑话说了。母亲粗枝大叶地听了个大概，被筛落的部分，恰如其分地，都留在了我的心里。二十几年前，母亲拉着我的手从楼下走到楼上吃饭，在二楼楼梯口的转角平台，我记得，她总是会稍停一停,背对着我,她仿佛在看些什么。是什么呢?我说妈妈,妈妈我们走不走。我用皮鞋的尖头去刮墙上的污泥,那种声音,实际上,又尖锐又锋利。阿蕾已经到了月经不调的年龄,每个星期都要吃乌鸡。鸡头、鸡脚和鸡屁股都在母亲的碗里,我们喝汤的声音很响,汤里都是应季野蘑菇的滋味。下雨的时候,青苔横行,即使淋着雨,母亲还是要走到那个凸出去的平台上停一停。我总是一遍遍地回想起清濛潮黏黏的雨季,几年后当阿太回到缸窑,我给她写信,开头就是,我多么怀念您做的蘑菇炖鸡汤啊。实际上在很久以后,我才吃到鸡腿。那时候我听到阿蕾走到厨房里发脾气,她说,外婆,我不想再吃鸡了。蹲在厕所的角落里,隔着一扇薄薄的纸纱窗,我感觉到整个世界都是雾蒙蒙的。小孩子没有那么旺盛的记忆力,小孩子也没有那么旺盛的理解力和嫉妒心,所以母亲要解释给我听,那个时候,她说,我也是走投无路。

她说的当然不是这件事,谁知道她指的是什么。是被婆家排挤、带着我稀里糊涂地改嫁,还是在继父家里被羞辱,喝醉了酒的继父指着鼻子骂她婊子,骂我是拖油瓶,所有的这一切,都能够和"走投无路"画上等号,当然，除了这件事情，显而易见，不可能是这个。一直到我念大学以后，阿蕾的母亲，仍旧每年塞给我整个家族里数额最大的新年红包，来到上海以后，她将自己的羊毛衫送给我，后来两次在微信上叮嘱，这件毛衣是纯羊毛的，质量较好，用沐浴露或者洗发水洗均可。我点点头，将它用快递寄给了母亲，那种老年人的花色根本不适合我，况且，光是阿蕾的旧衣服都已经多得让我穿不完。可是每次，当阿蕾通知我去取衣服时，我仍旧会拎上那个家里最大的行李箱。母亲说，不要白不要，你小姨她简直就是乱花钱。有的时候，听着这些话，觉得再自然不过了。而偶尔，也会猛地一惊，母亲从什么时候起，开始说这些话？或许，是从阿蕾结婚开始。那个贼眉鼠眼的姨夫，母亲会这么说。在姨夫帮了我们很多忙之后，母亲说，那个狡猾的姨夫，口气就软下来许多。

　　母亲的立场是很奇怪的，既十分坚定，又有点模糊。母亲可以说，她是担心阿蕾，那个一见过阿蕾就穷追不舍的姨夫，究竟看中的是她哪一点，美貌、财富或者社会地位，母亲私底下对我说，我以我半生的惨痛经历告诉你，任何一项都无法长久。然而母亲又是从何得知的呢？毕竟她一项也不曾拥有过，却放眼看到了阿蕾的未来。在清濛的那几年,她每天帮阿蕾洗澡,在楼上的套间里忙上忙下,阿蕾喊她姐姐,喊我妹妹,那情景怎么看都有些滑稽。母亲在楼下婆家受了欺负,就往楼上跑,而在楼上,阿太喘着粗气说,这种情况,你让我怎么办,你是要我帮你出头吗?母亲咬着牙,咬得嘴唇开始慢慢地发青,低血压,她久久地站在二楼拐角的平台上,逡巡不去,时间都消失了。然而,无论是在楼下还是楼上,母亲都没有哭过。她总是表现得平静而和和气气的,一直到高二,阿蕾洗澡的时候还会高声叫姐姐。姐姐!喊她进去帮忙。母亲久久地难以忘怀这一段,后来每次回缸窑过春节,回忆到这里,她就笑,你不知道,她对我说,那时候你小姨简直幼稚得可笑。

可是无关紧要,所有的这一切母亲都不曾对阿蕾说起过。总会有很多事情,太小了,要拿放大镜去细细地看,或者用筛子,过去了也就过去了,没有过去的,像膳食纤维一样,无妨,那消化的过程,只是来得慢一些。结婚的时候,阿蕾站在电梯门口,迎来送往,我叫她,隔着那么近的距离,弥漫起童年厕所门帘上那层薄薄的水雾,她就是不回答。后来,她会对我解释说,那时候实在忙得顾不过来。然而总有些时候,她会想到我,我大着肚子闷在家里，快要闷死了，你能不能过来陪陪我呢？我停顿了一下，在某个节点，夏天的时间常常给人以错觉，而当阿蕾的儿子在夏天的末尾从她的胯下钻出来，着实把我们所有人都吓了一跳。我的阿蕾长大了？从清濛起，又过去了许多年，阿太的后脑勺已经开始惨白稀疏。然而孩子还没满月，她就已经打电话给母亲，问她愿不愿意辞掉工作来领薪水带孩子。说到薪水的时候，她说，比你在超市里当营业员挣得多。母亲没有接话。很多年之后，我们都忘了，或者记得，但不再提起。比方说，是阿太介绍的继父，除了继父，阿太还陆陆续续地介绍给母亲其他的男人，而这一切，刚好发生在阿蕾高三那一年。那一整年，她都愁眉苦脸，家里太吵了，她对阿太说。

继父垂着手站在门廊那里，阿太说，喏，嗯……背景声音是嘈杂的嗡嗡一片。喜宴，是在自己的屋子里摆两张简陋的桌子。母亲低垂着头坐在那里，穿着一件枚红色的崭新套装当作嫁衣。我们都不知道前面的岁月会是什么。清濛的湿气和暑热都极重，阿蕾伸长了双手，长得几乎像要够到长颈鹿的脖颈，而再怎么拼尽全力，才发现，那里其实空空如也？不，阿蕾根本从来就没有把手伸得很长，起码没有我长。她们所有的人，都不知道，在母亲站在二楼平台上发呆的时候，我就已经开始学着她咬嘴唇，把外围的浅浅的一层都咬得青黑。阿蕾在学费昂贵的大专院校里学会了化妆、穿衣、打扮，脱胎换骨，她的追求者众多，她挑了其中最为殷勤的一个人结婚、生孩子，水到渠成的。

守夜那天，唯一的一间客房，七零八落地睡满了临时落脚的亲戚。下半夜，阿蕾走进来，躺在了我身边窄窄的夹缝里。她很安静，一动不动，马上响起了呼噜声。在她结婚之前，凡是到缸窑村的亲戚家做客，我们都睡在一起。母亲显得像是个外人，她走过来问，你们这里我来挤一挤？不知道过了多久，母亲进屋来推我，准备送葬了。而我睁开眼睛，看到阿蕾睡在较低一点的地方，同时睁着眼，仰头看着我，大概有那么几分钟，我们什么话都没有说。

很多场景，被想起来的时候，都像是久别重逢的。母亲问，你们这里我来挤一挤？阿蕾摇摇头，有点嘲弄似的，她甚至直言不讳地对我说，你看你妈妈呆头呆脑的样子。我也嘿嘿地笑，直到觉得嘴唇干燥起皮。终于有一天她对我说，你也像你妈，你怎么看上去这么呆，你就不能机灵一点吗。我站在原地,在很长的一段间歇里不知道自己应该做些什么。这次我大概不能笑了,我想。

  你看,它看起来多呆,阿蕾说。如果是用彩色电视机来看,小时候连接天线,在清濛最为潮湿的那几个月,画面就会变成星光一片。看到了么?继父趴在屋顶上摇晃天线,他总是献过殷勤,尽管那是极为短暂的几个月。阿蕾偷了阿太的钱,总共是多少,她不肯告诉我,只是拉着我的手,我们在动物园里左冲右突,她甩开我,挤到了人群里面。小姨,小姨!我叫得喉咙发干,汗毛竖起,前面有一大片五光十色的东西。看到了么?阿蕾将吃腻的鸡腿都堆到我的碗里,尽管她比我大上将近十岁,却发育得极其瘦小,月经不调,阿太在厨房里叹气,窗户上慢慢蒙上层层叠叠的水珠,像千层饼,她在逐渐膨胀的人群里消失得无影无踪。小姨,小姨,我几乎要哭出来,那个庞然大物突然之间转过身来,是什么呢?两团鲜艳的蓝紫色呼之欲出,两条模模糊糊的、蒙着一层大雾的光斑,延伸开,鼻梁、沟壑、梯田、山脉、乡村和家,我站在那里,和笼子里的山魈一起,在清濛的夏天里热得发红，体液都粘在皮肤上。层层叠叠的沟壑，像千层饼，成为天花板，在我的脑海当中旋转起来。我大喊一声，鬼啊，然后迅速地捂住嘴巴。

灯被调亮了。那不是鬼，也不是山魈，是阿太。她披了一件薄薄的单衣，站在那里。她说，你叫什么。语气严厉得让人有些发怵，我往后缩了一下，盯着她，刚刚的一幕，已经再也不可能被推倒重来。阿太是来给我们盖被子的，她蹑手蹑脚地起来，绕到这张年代久远的大床旁边。阿蕾欢快地吐着呼吸，白天，她刚刚给我讲过山魈，在那台偷偷被打开的彩色电视机上，她凑得很近，鼻息都吐在屏幕上，她说，你看吧，它就要转过身来了。看什么？猴科灵长类动物，像鬼，却不是鬼。伸出手去，会猝不及防地被烫一下，西红柿紫菜蛋汤，阿蕾说，她伸出手去摸锅柄，手忙脚乱地，没有戴手套。

当我们一整年没见，重新又聚首在一张桌子上，面对面地吃饭，阿蕾在喝汤，西红柿紫菜蛋汤，突然之间，她抬起头来，你干嘛那样子盯着我看。

它的屁股，仔细看，不是红的，而是一道蓝紫色的光斑，在大太阳之下热得发红。庞然大物，脸极长、极丑，而颜色极烈。阿太的脸出现在彩色电视机方方正正

山魈　157

的画框上,阿蕾凑近了电视机,她说真想去动物园里看看山魈,长得像鬼吗?鬼长什么样?她没有在问我,只是自言自语。我知道,她是因为害怕,才带着我去了动物园。而实际上,更害怕的人是我,我站在人群里喊,小姨,小姨。黑暗之中,我对着阿太大喊,鬼啊。灯打开,阿蕾迅速地从床上爬起来,一股浓重的鼻息喷吐在我的脸颊上,眼睛被扎了一下,亮晶晶地,尽管只是一刹那,她却哈哈大笑起来。外婆,我们还以为……她笑什么呢?她要说什么呢?卡在那里,滑不过去了,她说了什么呢?我往后缩,而阿太盯着我。

在缸窑度过的漫长临终岁月里,阿太是否曾经想起过,她在白天给我们讲了山魈的故事,而到了晚上,她自己就变成了山魈。即使是在身体最为虚弱的时候,上厕所,她也从来不让任何人跟随。而当她费力穿好裤子,冲洗粪便,扶着瓷砖墙壁一寸一寸出来的时候,是否会猛然之间被惊一下,像触摸一条解冻的鱼,或者摸到了西红柿紫菜蛋汤的锅柄。没有了,阿太再也没有了。母亲哭皱的脸上,层层叠叠的就像柿饼上被风干的褶子。我有些厌恶地转过头去,灵堂里一阵又一阵的哭吼,母亲所说的所有的话,都像是孩子在赌气、撒气,毫无内容的。母亲说,当年我也是走投无路。可是走着走着,实际上,这就成了唯一的一条道路。一直到我读大学以后,只要有用不着或者吃不完的礼品,阿太还是会第一个想到母亲。母亲说,我不好意思去,那么多人,你去帮我拿一下。我说,你带得回清濛吗?她拉开旅行箱,那是家里最大的那个旅行箱,一分为二,两排又空又宽敞的格子。我的心会猛然之间被刺痛一下,阿蕾说,连苹果你们都要吗?我看着她,盯着她看,就像那个飘满西红柿紫菜蛋花味的客厅,我的表情随时都有可能泄露我最真实的想法。

母亲笑了,怎么啦?你干嘛那样子?你怎么啦?

在电话里,我听到,阿太摸索了很久,才找到了那个凹槽,挂上电话。漫长的停顿,我拿不准我该挂上手机,还是继续接听。窸窸窣窣的声音,像从房间的最深处传来。当我一个人坐在缸窑村里的那间屋子里,只有我和她,我常常会感觉到慌乱。突然之间,我会想起很多的场景、画面,比方说,她装作若无其事的样子,把一只鸡腿拣到我的碗里,而母亲把鸡脖子嚼得咔嚓咔嚓地响,我厌恶地转过头去。阿蕾并不是真的对山魈感兴趣，她只是想偷钱，做一点刺激的事情。而阿太问我，你昨天吃过饭后，还有没有进过房间。整个清濛潮湿的雨季都钻进了我的毛孔里，我曾想，如果那天晚上，我喊出的字眼不是鬼，而是山魈，回忆会不会变得更温暖一些？阿太的脸在黑暗之中浮现出来，异常苍白。她的嘴张了张，也许她根本就没有严厉地喊出过，你叫什么！而是什么都没有说。我的记忆随时都有可能会出错。毕竟母亲一律都说，她记不得了。

其实是我低估了母亲。阿太在很久之前就给母亲留了一封遗书。在阿蕾新婚的那天晚上，阿太将它神不知鬼不觉地偷偷塞给了母亲。母亲取出来，掸了掸灰尘，云淡风轻地，有什么呢？里面确实什么都没有，然而总会有意料之外的只言片语，滑不过去，就卡在那里。阿太说，"我希望阿蕾孝顺她妈妈，也能像她妈妈孝顺我一样"。

外公说，对谁也不要说，在你阿太死的那天，你打过电话来。外公说，听到了没有，对谁也不要说，包括你母亲，包括你小姨。

可是阿蕾却对我说，你外公……你阿太死的那天，是轮到你外公照顾的日子，对不对？

她要说什么呢？

她盯着我看。所有的后脑勺开始转动起来，在灵堂里，实际上，我没有能够哭出来。缸窑村里能守丧的老太婆都来了，她们好奇地盯着我和阿蕾看。随时欢迎你回缸窑来。每次回缸窑，我们俩都像是来度假一样，而母亲向她们费尽口舌地介绍，这是阿蕾，这是我。哦，这就是在清濛一手带大的外孙女和曾外孙女吗？我和阿蕾在她们的眼中获得了同等的地位，我总觉得有人在盯着我看，是谁呢？她们在观察，外孙女和曾外孙女，究竟谁会更悲伤一些？阿蕾在灵前扑通一声跪了下来，她说，外婆，而我没有能够哭出来，显然我的表现不足以令我自己满意。阿太在灵前微笑，神清气爽，那还是在十几年前的清濛，那个时候，我就已经对着她喊，鬼啊。

外公担忧地看着我。他说，你为什么早不打电话晚不打电话，偏偏要在那个时候打电话呢？阿太上完厕所，扶着墙出来，就听到了急促的电话声。她叫了两声，没有人回应，于是她就想要去接电话。急性子，那电话催促着她，容不得那么一寸一寸地滑过冰凉的墙壁。滑倒了，滑不过去的，就卡在了那里。天旋地转的一瞬，绝望弥漫的一瞬，清濛的雨季，湿气钻进了毛孔，二楼拐角处凸出去的平台上，长满了密密麻麻的青苔。蹲在厕所里，清晨的窗户上会有雾气，而到了傍晚，则变成了层层叠叠的光斑。我在长大，而她们在老去。最老的那一个，就是阿太，阿太死了，就变成了鬼。这逻辑没有问题的，而阿蕾却说，奇怪。

我已经哭不出来了。从阿太九十岁开始，我就预料到了今天灵堂的场景。只有一点，除了我自己的反应，还有，除了阿蕾。我想象不到她会那么干脆利落地跪下来，外婆，叫得撕心裂肺。那些老太婆开始齐刷刷地点起头，我知道我已经输了，完全输了。其实我从一开始就知道了，即使我的手伸得比阿蕾的长，即使我把嘴唇咬青、咬破，一切都是一样的，我是阿蕾的影子，阿蕾的跟班。

妈妈。站在二楼的平台上，我说，用鞋子去踢雨天墙上的青苔，妈妈我们不走吗？

母亲说，我们要走到哪里去呢？

可是，我低估了母亲。母亲在微信里说，阿太走了。

没有标点，没有表情。一切都是合适的，可是她在想什么呢？她走进灵堂，我意识到，对于围巾和大衣颜色的搭配，她注意到了，她甚至还穿上了自己最好的衣服。她是急匆匆赶过来的，但实际上也没有那么急。有些事情，它就伫立在某个地方，你明明一早就看到了，比方说，当我走到缸窑村村口的时候，我就看到了灵堂。我不累，但还是在路边的一块石头上，呆呆地坐了一会儿。上海离缸窑最近，成为那个第一个到达灵堂的人，走进去，有点硬着头皮的。阿蕾第三个到，在我们之中，是最后一个。她脸色苍白，让我分不清是自然肤色还是浮粉的粉底。但短短几天，仍然带了三件大衣，所有的款式都是当下时新的。趁着葬礼的间隙，她又对我说，我那里有很多去年的旧衣服，到时候，我干脆直接邮寄到上海给你。好不好？

好不好？她没有说。最后这一句是我在心里说的，我默默地，有点神经质地对自己说，好不好？

而阿太已经变成了一张神清气爽的照片。她盯着我们看，在十几年前清濛的阳光之下笑起来。阿太留给母亲的信有三页，最后一页被母亲收起来了。里面还有更多的内容，等我看到它们，又过去了好几年。阿太说到

山魈　163

那个男人,那个贼眉鼠眼的男人。实际上,我们都应该明白阿蕾的处境,她说。言下之意,岁月流逝,所有的事情都会改变。阿太告诫母亲,要叮嘱阿蕾掌握家里的财政大权。万一有一天家庭的财富衰落了,到那时,你们要帮她。

我想起阿蕾光着身子站在浴室门口,喊母亲帮她洗澡。那时候她喊母亲姐姐,喊我妹妹。而这一次,换丧服之前,阿蕾抽空洗了个澡。外公家的老式热水器,她不会用,将我喊进浴室之后,她突然之间问我,你觉得?我看起来也不会太老吧?

发生了什么呢?自然规律罢了,我们都在老去。阿太、母亲、阿蕾和我,兜兜转转,即使从我开始,也不会是个句号,这真是一件可怕的事情。自从小姨夫出现,无论到缸窑哪一个亲戚家做客,我和阿蕾再也不可能睡在一起。母亲睡在我旁边,位置宽敞,而我在夜晚里翻来覆去。阿蕾结婚的那天晚上,站在电梯旁边,其实我并没有想好要和阿蕾说些什么。在当时那样的场景下,人流交错,谁是谁也分不清楚,而我只是想抱抱她,抱抱穿着那么漂亮的嫁衣的她。就像后来有一次做梦,我真的梦见了骨瘦嶙峋的阿太,坐在那间幽暗的拉上窗帘的屋子里,我很用力地抱了抱她。其实我早就知道了,阿蕾是公主,我是丫鬟。从很久以前就知道了,从出生的时候就决定了。但小孩子没有那么旺盛的记忆力,小孩子也没有那么旺盛的理解力和嫉妒心。

阿太她躺在那里,等到我们在同一时间全部回到缸窑来,像逢年过节。守夜的最后一夜,清晨载出去火化之前,按照缸窑习俗,要往上面叠蓝布被子。亲戚朋友,凡是前来吊唁的人,每个人都要送一床。一床十块钱,整个屋子里密密麻麻的,已经分不清谁是谁。而阿太的身上,层层叠叠的被子,形成了山岭。我想起最近的一个冬天,就是过年的时候,躺在那间屋子里,她无精打采地对我说,你帮我把最上面一层被子揭开吧。

我说,不好吧,阿太,你会冷么?

她说,不要压那么多,太闷了。

私底下,阿蕾对我说,阿太怎么好端端就死了。我们春节回来的时候,她明明就好好的。是不是有什么事情?她是不是受到了什么刺激?

阿蕾说,其实阿太去世的那天早上,她给我打了个电话，我没有接到。后来中午我回拨回去，又没有人接听。

她说，你说，她是不是要和我说什么？

阿蕾低下头，把两只手绞在一起。她以为，她错过了什么临终遗言。她以为，在那个没有接听到的电话里，一定有过非常重要的东西，现在永远失去了的东西。

阿太上完厕所，扶着墙出来，就听到了急促的电话声。她叫了两声，没有人回应，于是她就想要去接电话。急性子，那电话催促着她，仿佛踩在云端上，容不得那么一寸一寸地滑过冰凉的墙壁。滑倒了，滑不过去的，就卡在了那里。天旋地转，骨头像在宰鸡的快刀下碎裂。阿太在冰冷的地板上躺了一会，直到失去意识，被外公发现。后来，在这个幽暗的房间里，窗帘被拉开，为了更加明亮，搭扣被直接扯掉。黑暗深处的东西，影影绰绰的，都在阳光的暴晒之下暂时消失了。家族里的人越聚越多，还有所有愿意过来看热闹的缸窑老太婆。外公急急忙忙地叫来了最近的一辆车，直达医院。然而医生说，来得晚了。没有人注意到，在一片混乱之中，电话还响起过第二次。连外公也没有听到第二个电话，他一直以为，只有那么一个电话。而其他所有的人，压根就不知道有过电话，他们将阿太临死前所有的场景，都像听故事一样地听过去了。有些奇怪地，然而阿太已经九十几岁了……

这就是结束了。直到阿蕾对我说，这整件事情，都有些莫名其妙的。我再回拨电话过去的时候，外婆她也没有接到。

在我们之中，在我们两个之中，一定有一个人拨出了第一个电话。紧接着，当场面开始变得混乱，不可控制，另外一个人就拨出了第二个。不是她，就是我。

阿蕾问我，你说，她是不是要和我说什么？

我低下头，什么也没有说。

我会保持沉默。即使阿蕾要误解我外公，我也会保持沉默。她在我面前指责我外公，从来都肆无忌惮。她知道，我和外公不亲。我是在清濛长大的，在清濛和她一起长大的。我在楼上和楼下之间跑来跑去，吃着她不要的鸡腿，穿着她不要的衣服，就这么地长大了。在父亲去世之前，我还曾经和她一起，在他的病床上爬来爬去。那个时候我才刚刚学会了走路，而阿蕾握着我粉红色的小手,她说,妹妹。

追悼会过后,尸体就要火化了。追悼会上的稿子是阿蕾写的,念的人是阿蕾的母亲,她说:"妈妈,亲爱的妈妈……。"念完稿子之后,所有的亲戚朋友都一律走过灵前,点燃了最后的一支香,阿太躺在层层叠叠的山岭之下。

阿蕾说,"外婆,亲爱的外婆"。

母亲说,"奶奶,亲爱的奶奶"。

我说,"妈妈,亲爱的妈妈"。

我说错了,这是口误。场面一度极其尴尬,而母亲的后脑勺开始转动过来,她看着我,一颗圆圆的柿饼,亚热带的柿饼。

本文获2018年台湾林语堂文学奖第三名

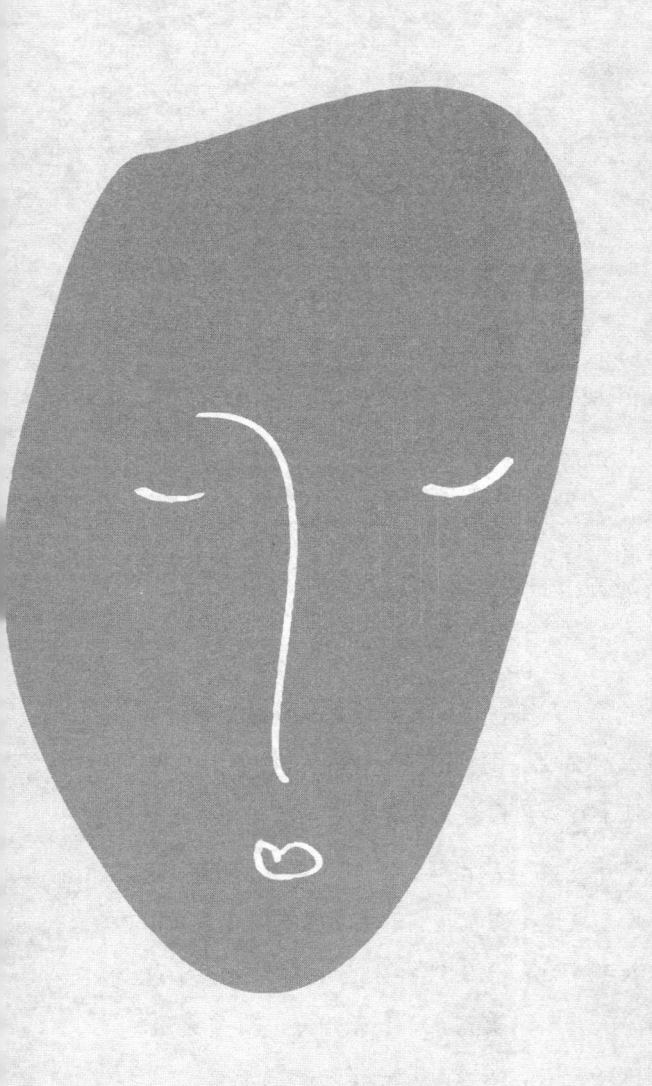

骑楼

"凡有所相,皆是虚妄。"

一、六小姐

千禧年,事隔十几年,林孔英第一次从广东回清濛。第一次,她对林裴蕾说,其实你有个外婆,我带你去找她。林裴蕾对母亲最后的印象,是在骑楼一楼的门廊里,林孔英拉着她的手。她们从出租出去的仙草铺子里穿堂而过,像一阵风。淑珍不在家,林孔英盯着这个老屋子,然后说,竟然没有变化。她走进厨房,打开冰箱,掏了半天,掏出两个苹果。没有削皮,洗干净了,直接递给阿蕾。阿蕾刚咬了一口,淑珍就回来了。她提着菜,一小把嫩菜心,一小块猪腿肉,是独居。她愣了一下,然后说，你……你回来了？连阿蕾都看出来了，她有点激动。孔英从来没有教阿蕾喊外婆，她自己也不喊妈。她叫她，淑珍。

林孔英对林裴蕾说，你老公有外遇你知道不知道。

林裴蕾躺在骑楼的木床上，狭窄的木制楼梯边，左手边房间，正对着床，墙上凿出了一个椭圆形的大镜子。镜子比床稍高，扶着身子起来，人，是一个模模糊糊的轮廓，躺下去，脸就变成了半张。林裴蕾说，我知道的。

林孔英很沉着地说，他拿不到半毛钱的。

林裴蕾笑了笑，他本来也不要钱。

林孔英说，那他不签字，不离婚？

他是舍不得我。

哦，是这样。她不说话了，站在镜子前，捋了捋自己的头发。白头发隐隐约约，染得不均匀，仔细看，已经分成了几个色块。阿蕾盯着镜子，镜子里的，她和她。她就把眼睛溜了开来。孔英说，淑珍她好吗？阿蕾翻了个身，老样子，她说。

林淑珍坐在林裴蕾的对面，那一年，阿蕾十岁。阿蕾说，我妈妈呢？林淑珍说，她把你交给我了。阿蕾继续问，我妈妈呢？林淑珍点了一根烟，她去日本了。阿蕾哭了，她把碗摔在地上。林淑珍没生气，她有点兴致勃勃地盯着她，你不吃饭？那把菜吃了，不要浪费。林淑珍把她剩下来的饭放在猫食盒里，一只猫从墙角里跑了出来，她看上去又老又肥。然后是第二只，第三只。阿蕾的身体抖了抖，淑珍说，看，这些是她的女儿。

养老院，淑珍站在窗边，一束光打在她光秃秃的额头上，使她看起来挺慈祥。她眯起眼睛看了看林裴蕾，嘻嘻笑了两声。阿蕾说，外婆，我来了。淑珍说，来就来，还带什么礼物。她把阿蕾手上的袋子接过来，瞄了一眼，然后用两只手往下摸，东捏一下西捏一下。淑珍说，那幢骑楼，我从小住到大，要让我卖，我还真舍不得。

阿蕾说，卖给别人也好。他有钱修缮，放在我们手里，也是毁掉。

不过，这么多年，你是为这个家立下汗马功劳的。我吃你的，用你的。现在你是要我把骑楼抵给你了？淑珍是吊梢眼，稍激动，眼神就变得凶猛。

阿蕾装作不经意地瞟了她一眼，从袋子里掏出一个苹果，慢慢地把皮削了。她说，外婆，林孔英问你的时候，你是这样回答她的？

林淑珍缓缓地转过头来。哼，淑珍说，你见不得我长寿，也不至于这样咒我。外婆？你的外婆是哪个，我不晓得。这么多年，从来不掏出一分半毛钱来养你。这么多年我是靠你养没错，可是从小，你也是我养大的。

阿蕾几乎有些不怀好意地笑了。她说，您消消气，林孔英在这个家里，是不可能一手遮天的。

林淑珍把墙角的袋子提了提，似乎是在试它的重量。她犹豫了一下，把它往林裴蕾的怀里一塞。她说，你拿回去，我是个废人，连祖宗传下来的一点东西都留不住。你拿回去，她的声音抖了一下，我老了，没有一点用处，不好再吃你的。

她摆了摆手，在傍晚的光影里，身子显得又矮了一截。你走吧，她说，我差不多要吃饭了。

阿蕾很愿意来养老院里坐坐，尤其是林孔英住在家里的时候。她在屋子里改工程图稿，林裴蕾坐在客厅里看电视。她打开门说，你小点声行不行，我在谈生意。每天晚上都有那么多生意？林裴蕾一边嚼苹果，一边伸出手在沙发软垫下面掏来掏去。林孔英关上房门,阿蕾听到她说,你再说一遍,家里刚刚太吵了,我没听见。林裴蕾把电视机关掉,阳台上一条湿漉漉的印花床单在滴水,她这才想起来外面在下雨。她站起身,又坐下,一只猫从她的裙摆下面钻了过去,她伸出手去要抓它,扑了个空。

几年前,她会发微信给林孔英。我把电视机关掉了。林孔英没理她。过了一会儿,她说,我去睡觉了。林孔英会说,好,或者,好的。

阿蕾和庄庄先斩后奏登记结婚的那天。阿蕾发了微信,同一时间,林孔英拨了电话过来。庄庄躺在阿蕾的肚子上,阿蕾觉得痒,她咯咯咯地笑。伸长手,手机在床单的另一头,她够不到。她说,你说我接不接?庄庄说,接吧。阿蕾说,不,我偏不接。庄庄笑了笑,那正好,我也不想起来。最终她接起来,等待了很久的林孔英反而沉默了。她说,林裴蕾,你知道吗?任何事情都有自己的因果链,你自己做的事情,要你自己负责。

淑珍说,你知道吗?实习的小护士总是偷我的水果吃。她用眼睛逡巡了屋子一圈,神秘兮兮地说,她把我大的苹果，换成小的，把好的香蕉，换成烂的。她充满期待地盯着林裴蕾，林裴蕾只是干巴巴地说，是吗？那就算了吧。算了？淑珍把音量压下来，还是从鼻孔里"哼"了一声。她说，我不是计较那一点点东西，我自己吃不吃倒是无所谓的。这样的小姑娘，好吃懒做，我要是纵容她，那就是害她。林裴蕾点点头，削完苹果，愣了一会儿，然后把果皮扔了，把果肉递给她。她举到嘴边，突然间又停住了。庄庄呢，她说，他不来，我就没有牛奶了。哦？牛奶？阿蕾说，他给你送过牛奶？淑珍说，是啊，骑着一辆三轮车，他说是过期了一天的，白送给我。你们为什么不一起来？阿蕾忽然间觉得很烦躁，她站起身来，举着还衔着果皮的水果刀走来走去。淑珍一直在不停地说话，苹果的汁水沿着她的下巴，一路流进睡衣领口里。阿蕾只是面无表情地看了她一眼，然后什么也没做。她打开房门，重重地摔了一下，却没出去。淑珍说，你要走了？这么快？她抹了一下嘴，又说，快走吧，不然班主任要骂你了。

　　下次来的时候，她瞪大了眼睛看着阿蕾说，你总算来了，她说，我两天没吃饭了。阿蕾把她的记账本翻出来，她指着还没干透的墨水大声说，这里不是写着，十二点的时候吃了一碗卤肉饭,一碗鸡蛋羹吗?淑珍不满地说,你嚷嚷什么,我又没聋。她想了想说,我是一时糊涂,人这一生,不就是难得糊涂吗?

两年前的夏天,淑珍只是看了一眼她的结婚证,就笑了。她说,林裴蕾大小姐,你这是,难得糊涂啊。

夏天,更早的时候,她和庄庄偷办结婚证之前,回了趟骑楼。她本来调的是五点半的闹钟,在淑珍起床之后,赶在她晨练结束之前,拿到户口本。可是她睡过头了,等她急匆匆地赶到骑楼,拿完户口本,刚走到门廊那里,就碰上了拎着一把水灵灵青菜回来的淑珍。淑珍从下往上地看着她,然后说,你发什么神经,这么早回来。户口本在阿蕾的左口袋里,她情不自禁地,把双手垂下贴着身体两侧。淑珍说,你神经病啊,门廊里那么晒,干嘛傻站着不进来。她甩着钥匙,哼着歌走进去。打开冰箱,突然间显得很高兴,你还没吃早饭吧,她说,我们来炸两个红糖姜粿吃吧,再加两个鸡蛋。

阿蕾想,淑珍那天是不是知道些什么。阿蕾以为找户口本要翻箱倒柜,没想到它就放在抽屉的最上层,只套了个从生鲜超市顺回来的透明袋子,上面还贴着八块六毛的苹果标价。衣服的口袋很浅，阿蕾坐下来的时候，淑珍一低头，就能看到露出头来的红色封皮。等到阿蕾的嘴唇上沾满了姜粿的油脂，她看了看窗外，黄色的，太阳才真正升起来。

黄色的，黄色的光。现在，门廊被晒得发烫。

不知道为什么，她没有跟庄庄说这些事情。她只是说，我在街上吃了个早饭再过来的，还给庄庄带了一份他喜欢的猪杂粥。庄庄喝粥喝出了河流的声音，他说，我很快就吃完，吃完我们就出发。阿蕾说，急什么，现在民政局还没上班呢。

他们一向是无话不谈的，可是当天早上，她犹豫了一下，最后什么也没说。两年前，阿蕾对淑珍说，外婆，我恋爱了。淑珍说，博士多少钱一斤？还是学哲学的博士？你不要以为我老了，什么都不懂。哲学？那不就等于什么都没学。攀上你这个吃家本的小姐，还不是赶紧要牢牢抓住？阿蕾说，我吃什么家本。说这话的时候，她们正在吃饭。淑珍说，那你别吃了啊。她夹起一块精肋排，浸到酱油汁里。在口中，把它慢慢地嚼烂了。这个就是家本懂不懂。阿蕾把筷子放下，摔门进了房间。

林淑珍拉着林裴蕾在雨幕笼罩的廊檐下走,她的手掌,不断地沁出密密的汗珠。另一只手,拎着一袋中药药包。旁边透明的袋子,装的是红糖姜粿。淑珍把姜粿煎了鸡蛋,她喊阿蕾来吃,阿蕾不应,她就自己一个人,悄无声息地吃了个精光。睡午觉,她也会打呼噜。声音响起来,阿蕾溜到客厅低层的橱柜里,掏出早上的那个中药袋子,依次把每一包打开,胡乱地抓出些药材,塞进大衣的口袋里,再按原样合上放回去。连淑珍的呼噜声停了她也没发现,等到淑珍喊她,阿蕾猛地一转头,发现她已经披衣起身,握着门把手,站在房门口。

她说,你在干嘛。

阿蕾下意识地把手插进了口袋里,像要往土里,用力埋什么东西。她说,我好像感冒了,我来找点药。

淑珍说,你不知道药在哪里,我来找。

一个散发着铁锈味的药箱,阿蕾拿了感冒冲剂要走。淑珍拉住了她,现在先喝一包,她说,我来帮你泡好。

淑珍说,喝啊,你干嘛不喝。喝光再出门。

阿蕾看着那一汪浓黑的液体,她告诉自己,这是可乐,这是某种新型口味的可乐。可是喝的时候,她还是不争气地哭了。

白白的牛奶,在小电煮锅里煮沸了。淑珍说,你帮我打两个鸡蛋进去。她坐在座位上,两只手拍了点发油,往头上慢悠悠地抹,笑脸盈盈地看着她。林裴蕾疲惫地靠在墙上,闭了会眼睛,然后也看着她。她问她,外婆,你同不同意卖骑楼?她拿勺子去搅奶锅,顺时针逆时针乱搅一气。两颗鸡蛋黄,像两只眼珠子。她瞪着它们,突然之间觉得有些喘不上气。她说,你要是不愿意,你就跟林孔英直说啊,她不敢怎么样的,我知道你不愿意。

你不愿意是不是?

淑珍冷不丁地问,能卖多少钱?阿蕾吓了一跳,她搅了半天,锅底还是焦了,她啪地一下关灭了火。淑珍说,我能分到多少?林裴蕾说,多少钱我不知道,但全是你的。全是我的?淑珍的眼睛亮了一下,仿佛有些难以置信。过了一会儿,她又说,你外公会不会来要?

到地底下找你要吗?林裴蕾把牛奶倒出来,盯着它,忽然觉得一阵恶心,她不知道自己为什么要这么说话。林淑珍只是坐着呵呵地笑,她说,我不会给他的,我要争气啊。

在某些很短的瞬间,林裴蕾会觉得,仿佛那个从前

骑楼　179

的淑珍又回来了。林孔英几乎从不来养老院,她只是每次都会问林裴蕾,你外婆怎么样?你觉得她怎么样?有一次,林裴蕾夹了一块肥腻的大肋排到自己的碗里,她边啃边说,你是不是想问我,她有没有民事行为能力?林孔英没说话,猫在桌子底下窜来窜去,林裴蕾踩到了其中一只的尾巴,她听到了一阵惨叫。沉默了一会儿,林孔英说,她糊涂成这样,早就已经没有民事行为能力了。是吗?我觉得倒还好。林裴蕾在咬一条很顽固的猪筋,咬着咬着,突然间把整块肉都吐在了桌子上。她在权衡接下来要说的话,你知道,你是她唯一的继承人,她说。她喝了一口汤,没来由地又说,接下来就是我。她大概还是不想放过她。

等到淑珍的老年痴呆被确诊时,早已经过了最佳的干预期。她会恶化得很快,医生说,在家里会恶化得更快。去养老院的前一天,淑珍一只手撑着腰,斜靠在骑楼的栏杆上。她对林孔英说,我爸爸昨天晚上托梦给我了,他让我哪儿也不要去,守着他留下来的骑楼。林孔英坐在沙发上,两只手在笔记本电脑上疯狂地打字。她在等她往下说些什么,可是淑珍忽然间就沉默了。她看了她一眼，露出了一个不太友好的笑容。林永春吗？她说。不，是我爸爸，不是你爸爸。淑珍昂起头，把刘海拨向一边。整个清濛市最出名的厨房艺术家，也是最年轻的企业家，就是我爸爸，她说。

林裴蕾扑哧地笑了一声，林孔英没笑。站在浴室的门后面，林裴蕾在梳头，她随口问她，那你是什么？

浴室的镜子里，是淑珍的脸。她皱起眉头想了一下，仿佛这当真是个问题。六小姐。她缓缓地说，两只晦暗的眼睛，湿润了一下。

林永春的自行车刚进后院，链条的摩擦声响起，骑楼的闺房里就传来一阵窃窃私语。淑珍的父亲，德济门饭庄的林老板，站在门廊那里，已经等了很久。林老板掀开门帘，闪身进门，淑珍一个箭步冲上去，被他一挥手挡开了。淑珍听到他对大娘说，今天只有一些豆花，不过是甜的。撒了白糖？大娘说话的声音有些颤颤巍巍的，听到"白糖"，整个骑楼仿佛都被镇住了，瞬间安静了下来。

比她大两岁的二姨太的女儿，原先就瘦，现在瘦得像根柴火，倚在门框上对着她笑。她说，解放以前，林永春就是我们家的一个跑堂伙计，现在混到供销社里，就成了恩人了。没有他，我们都得饿死，二娘说，她把嘴凑到了淑珍的耳朵边，你大姐嫁给他以后，我们的日子就难过了，你大姐那么小气的人，恨不得我和你娘都饿死。

三姨太，淑珍的母亲，躺在床上，她虚弱地嘟哝了一声，淑珍漫不经心地说，大房在吃呢。她娘又发出了一种模糊的声音，淑珍说，别吵了，有剩的，她们也不会给我们。她们，恨不得我们都饿死呢。淑珍用一种夸张的语调，咬牙切齿地说，她听到她母亲哭了。

淑珍一转身就溜进了林裴蕾的房间，她的脸上，有一种恐惧的阴影一闪而过。哭丧着脸，她张了张嘴，眼泪就开始往下掉。她说，我不想去，我不同意。

外面的云是铅灰色的，台风将来未来的那几天，天气总是这样阴沉沉的。远处的云，像一些从旧棉被里跑出来的破烂棉絮。阿蕾盯着窗外，漫不经心地开口说话，那是全清濛最好的养老院，你住的是最贵的房间，林孔英会给你请最贵的医生。

她有的是钱。还要贪图我的房子。你帮我跟她说说。

说什么？林裴蕾很讶异地看了她一眼，随即试图使自己平静下来，用手去抚摸淑珍的背。外婆，你有病啊，有病要听医生的话。

淑珍昂起头说，我不承认我有病，只是脑子一时糊涂。脑子一时糊涂，人这一世，难得糊涂。

炎热的正午，整个骑楼都在午睡，淑珍穿了一件紧绷绷的旗袍，守在窗户口。她竖起耳朵，很快就听到了自行车干燥的脚链响起来的声音，巷子口，林永春出现了，他嘴里哼着什么歌，穿着一件干干净净的工人服，两边车把手上，挂着两个饭盒，比昨天还多出一个。淑珍呆呆地盯着他看了一会儿，她想，他个子有点矮，年纪也偏大些，但还不算难看。他抬起头来笑了笑，她心里一惊，往阴影里一退，不知道他看见了自己没有。他笑起来有点猥琐，她想，但还不算难看。她仿佛在竭力说服自己，一边自言自语，一边又把头探了出去。

林永春把车推到了楼下，还没进到后院，就听到淑珍在楼上唱歌。十六岁的淑珍，把上半个身体懒洋洋地搭在窗框上，紧张又羞涩地对着他笑。在饥荒最为严重的那几年，家里的女孩子都一天天瘦下去，即便如此，淑珍仍然是最丰满的那一个。她的胸部发育得很好,旗袍绷着,像两颗圆滚滚的水蜜桃。

林永春看得呆了,片刻,他朝着淑珍滑稽地弓了弓身子。

"六小姐好啊,六小姐怎么不睡午觉。"

"我在等你啊。"淑珍大着胆子说,边说边把身子往外又探了探。现在,她觉得自己快要无法呼吸了。

养老院打电话来接洽,问什么时候能过来接淑珍。孔英说,尽快吧,这两天行不行?再过几天,我看台风就要来了。

临上车,淑珍在屋子里磨蹭了很久。她把床底下的箱子全都翻了出来,一进门,林裴蕾就闻到一股呛人的樟脑丸味。地板上摊满了沾满蟑螂屎、发黄掉页的旧稿纸,淑珍用纸巾仔细地擦拭着那些旧相片,林裴蕾忽然有些不忍心发出声响。忽然间,淑珍回过头来,对着她莫名其妙地笑了。她说,我一直找不到我的麻袋,就是那个灰色的,领口能扎起来的那个。通常这时候,林裴蕾并不会真的去想她到底在说什么。她只是顺从地蹲下来,假装在一堆陈年破烂里面翻来翻去,心里很讶异,床底下居然能藏这么多东西。在骑楼里，这么多年，她竟然从没发现过这些东西，仿佛它们都一下子从天而降了。

一下子从天而降的，她看到一本署名唐聪芸的残页本，翻开来，像是一本日记。她偷偷地挪开椅垫，把它塞到了下面，淑珍的大嗓门突然间就响了起来，她说，你这么笨啊，还没有找到？跟你那个老爹一模一样，她嘴里一直在自言自语，同在供销社工作，别人都敢拿鸡蛋牛奶，就他老实，整天让我们吃豆子，吃得肚子胀气。偶尔拿个牛奶，都是过期的。她气吼吼地在原地站了一会儿，脸颊绯红，窗外的夕阳像泥印子一样甩在她的脸上。

我们走吧，林裴蕾耐着性子说，人家车子在外面等很久了。

让他们等！淑珍重重地哼了一声。我就是故意要让他们等，怎么样？不行吗？你亲生爸爸要是在世，你也送他去养老院吗？

一只脚已经迈进了车子，淑珍还要回转身来，对着林裴蕾的鼻子说，你爸爸要是在世，你也送他去养老院吗？我不同意卖骑楼，坚决不同意。

这个场面是挺有趣的。但不知怎么的大家都没有笑。

林裴蕾十岁整住进骑楼。从十一岁开始，淑珍就开始不厌其烦地给她讲自己娘家曾经辉煌的故事。骑楼是淑珍从娘家继承的遗产，淑珍得意地说，从前聚宝街这一整排骑楼都是她家的，是因为后来上缴了，才只剩下这一幢。淑珍的父亲，是清濛首屈一指的酒楼老板，德济门饭庄，沿海而建，每天都有最时新的海货，从港口被捕捞上来，被端上饭桌。他原先是国民党高官家里的私厨，后来随部队南下，阴差阳错留在了清濛，不再掌勺，只管银钱进账。淑珍的母亲是嗅着海鲜的鲜味嫁过来的，她放了学，背着个白白净净的书包，被馋得受不了了，误打误撞进了酒楼后面的住宅区，嫁给了年龄能当自己父亲的男人做姨太太。小时候，淑珍讲到这里，阿蕾就要冷笑一声。她说，这么假的故事，谁信。淑珍挺直了腰板，斜睨着眼睛，笑盈盈地看她。你还真别不信，我要不是太馋，也不至于嫁给你外公。林裴蕾，你现在不明白，你以后就会明白，这都是命。

永春推着自行车，走了不很久，还没有到巷子口，忽然间听到背后有人咳了两三声。他回过头,是梳洗好的六小姐,笑脸盈盈地走上前。大热天,她穿着一身清凉的短装,腰部那里却用一条彩绳往里一扎,打了一个结。她说,你好像忘了东西了。永春有点慌乱,整张脸烧得通红,他说,东西……什么……东西。淑珍扑哧一笑,从身后掏出一个纸包,包得很不齐整,像是匆匆忙忙包好的。她塞到他手里,拔腿就走,走了两步又回过头来,眼睛盯着他说,别看,千万别看,回去再看。

几分钟工夫,淑珍又回到了骑楼上。愣住了的永春抬起头,往上看,却只看到那扇临街的窗户,啪地一下关上了。

林孔英告诉她的则是另外一些。淑珍抢了自己姐姐的男朋友,他们私奔那天,刚好刮起了蛰伏几天的台风。台风刮完,淑珍回到骑楼,那几天她吃饱了肚子,炫耀似的绕到大房的门口,高高的鞋跟踩得噼里啪啦响,她姐姐觉得受到了羞辱,一气之下就病倒了。后来呢?林孔英说,她不久之后就死了。这样就死了?阿蕾露出了失望的表情,林孔英淡漠地看了看她。有的时候,她嚼下两口饭,说她不清楚。她们家的事情,她说,你那么感兴趣干嘛？死在这个骑楼里的吗？林裴蕾咽了咽口水，她张了张口，然而她什么也没有说。林孔英却突然说，你知道我从来不信鬼神。

小时候，骑楼里生过几次严重的白蚁，淑珍用手指头往墙壁里一摁，变成一个洞。她笑嘻嘻地看着那个洞，吹了吹手指尖的白灰，她说，阿蕾，去喊孙医生过来。

夜晚，她起身上厕所，路过那个洞，把眼睛贴上去。有一次，一个男人站在她身后看她，忽然说，怎么？你看到了什么？她一回头，是老孙，上身穿着汗衫，下身是夏天的大裤衩，对着她笑。她挺了挺腰板，故意说，我听到有女人在叹气。

阿蕾躲在诊所的厕所里，从两块砖头之间的缝隙往里看。清濛的梅雨季节，墙砖上都是水，水滴从阿蕾的鼻梁上一路滑下，流进嘴里。她看呆了，老孙的手从淑珍的肚脐上，一路向上爬。然后淑珍坐了起来，脸颊赤红的，慢慢地把衬衫的扣子解开。阿蕾看到的那个东西，像对面人家阳台上夏天长出来的丝瓜，丝瓜太多，吃不掉，它们就这样越长越大，最终奇形怪状地吊在枝头，直到被太阳晒干了。淑珍说，那个东西摘下来，可以洗碗的。果然，又过了几天，阿蕾从阳台上往外看，对面的干丝瓜就不见了。

丝瓜。阿蕾想，它，它们，更像是时下流行的日本小南瓜。庄庄把南瓜的根茎含在嘴里。那年中秋，黄穗出现在门铃后面，她吓了一跳，分不清楚究竟是现实还是梦境。庄庄说，进来吧。用的是对待老朋友的亲切口气，海内存知己，天涯若比邻，然而林裴蕾还是觉得自己的心难受得快喘不上气来。黄穗的脚太小了，阿蕾翻箱倒柜地为她找拖鞋，她有点哀伤地靠在门板上，对林裴蕾说，可见这么多年，你都没有在等我回来。现在，她把鞋子都蹬掉了，阿蕾本来可以盯着她的脚，可是她还是忍不住顺着她的身体往上看。她托着庄庄的脸，庄庄，他的脸涨得通红。

别看，千万别看，回去再看。淑珍说。

永春把包裹缓缓地打开来，红红的边角，里面是一张六小姐的小相。

只走了这一趟，淑珍就累得靠在了墙上，沿着墙根往下滑。因为饥饿,她的身体已经开始变得浮肿。原本饱满的大腿,出现了一块块月牙色的鱼肚白,按下去,就会形成一个沙袋似的深坑,她难以置信地看着它,全身发抖,她对自己的母亲说,我还这么年轻,我不想死,我害怕。

在床上,她母亲把被子撩开,慢慢挪动,沿着扶手气喘吁吁地爬了起来。她平静地看着她,然后说,只要有东西吃,你就不会死。

淑珍的眼睛里,有什么东西闪了一下。她直愣愣地看着卧室的黑暗角落,几只瘦猫的影子若隐若现地浮现。屋子里吹过了一阵冷风,她觉得自己重重地摇晃了一下。

六小姐赢得了永春。后来,她搬离过骑楼,在清濛的乡下,没有再过过那种饿得发昏的日子。粮食短缺很快就结束了,文革来了,也因为永春,她在娘家的批斗中得以幸免。等她再回到骑楼,已经成为了娘家家族中唯一的遗产继承人。那时候,永春已经去世了。其实他死得很早,死于文革时期的一场群体斗殴。那个狂热的年代,六小姐却显得异常冷静。她偷偷攒下了一些私房钱,后来又变卖掉骑楼里残存的一些字画。"拨乱反正"

之后，她甚至领到了一笔永春的死亡赔偿金。她拿这些钱修缮了骑楼，把底层出租，过了十几年无所事事的日子。到钱快要用完的时候，去日本后渺无音讯的林孔英，突然带着一个陌生的女孩回家了。

"人生总是有很多艰辛，除了对自己，没有人可以说。"
千禧年，七月八日，林裴蕾在凌晨的火车上被推醒，林孔英的脸离她很近。她对她说，清濛到了。
千禧年，七月九日，林孔英坐火车南下。林裴蕾问淑珍，淑珍，我妈妈呢？一年之后，她才开口喊外婆。
千禧年，七月九日，唐聪芸在日记里写下了上面这句话。字迹有点歪，像是在颠簸不平的某种交通工具上写的。

往往在半夜，阿蕾就清楚地意识到，自己再也睡不着了。
失眠的第二天，下班后，林裴蕾在街上游荡了一会儿，就拐去了养老院。淑珍的房间里没有人，淑珍，她走错了房间，在别人的床上睡了一会儿，就和一个老太太打了起来。淑珍推了那个老太太一把，幸好护士及时赶到。阿蕾连声说抱歉，抱歉。淑珍却还在大吼大叫，你敢打我，她说，打狗也要看主人的。临走，护士长拍了拍林裴蕾的背，老太太的力气真大，身体还是很好的。走出病房，淑珍朝她笑了笑，突然间她作了个揖，她说，六小姐，是小六不好，你不要怪小六。

在房间里吃过了带来的水果，淑珍平静了下来。阿蕾缓缓地问她，你从骑楼里带来的相册呢？放在哪里？我想看看。淑珍说，在北京吧，或者在天津，那要看红卫兵的火车开到哪里去了。林裴蕾没理她，自己打开了柜子开始找。淑珍着急起来，她用手把金属床板敲得咚咚咚地响，她说，你干嘛，臭女人，你强盗啊，你是拆迁办啊。

病房里就只有两个储物柜，林裴蕾很快就找到了。她翻了几页，一张全家福，背后是刚竣工的德济门饭庄，大一点的男孩都站着，三个太太，手里抱着三个女婴。她凑上去说，外婆，哪个是你？

淑珍坐着没动。

林裴蕾说，这个是你？

淑珍的嘴唇嗫嚅了一下。

林裴蕾往下翻，那，这个是你？

淑珍说，都不是。

忽然间，她躺了下来，像是滑下去的，把被子拉高了。背对着林裴蕾，看着窗外，一声不吭。

过了一会，她叹了一口气，我这一生，都是信佛的。她说，我相信有佛，也相信有鬼神。

二、唐聪芸

林孔英突然间就出现在了淑珍的背后，淑珍说，你干嘛，你想吓死我啊。淑珍飞快地把正在看的一本小册子塞进抽屉里，孔英知道，那是她的账本，里面又有了最新的一笔进账。刚才，淑珍面有喜色，现在把脸别过去，朝着窗外。孔英用手指，慢慢地在盖在桌子上的玻璃表面画圈。一边画，一边，她说，下个月，我好几个没考上的同学，她们要一起去广东打工。我问过了，那里缺工人，工资高，待遇好。

淑珍说，怎么？离家出走？她叹了口气，你不要跟我赌气好不好，不是我不让你复读，你看你爸刚死，我要把骑楼收回来,还有很多要用钱的地方。我一个女人家,我有多大的能耐。

孔英说,不,我不复读了,我说的不是这个。

淑珍摸了摸她的背,你能体谅我,是最好不过的了。然而孔英的背,原先曲着,慢慢地僵直了。她说,妈。

孔英看着她,眼神像一只蚊子,慢慢地在她脸上爬。像在嚼什么很难咽的东西,她说,我说的不是这个,爸的死亡赔偿金,你知道我也有份。她顿了顿,你送我去广东,再给我一些过度的钱,那些钱我就不要了,都是你的。

淑珍张了张口,一丝愠怒的神色。围着书桌绕了半圈,然而她什么也没说。

阿蕾总是梦到在广州的母亲,她穿行在一片油菜花地之中。沿着池塘的水边走,露水打湿了她的鞋子,她浑然不觉,指着水里的一段枯草,脸上是一种凄惶的表情,她说,你觉得那是什么?她转过头来,泪痕满面地看着她。你帮我看看是不是一个女人的脸?她是谁?来清濛之前,林裴蕾有许多关于坐火车出远门的记忆。每年春节,林孔英都会带她去一个陌生的地方,她找一个男人海风，她反反复复地问，别人都跟我说他到这里来打工了，他究竟在哪里？后来阿蕾明白了，海风是她的父亲，十岁那年，他从她生命当中彻底地消失了。某天深夜，林孔英忽然摇醒了她，她对她说，其实你有个外婆，我带你去找她。

她们又在坐火车。

阿蕾说，我们要去哪里。

她母亲没说话。

阿蕾坐在饭桌边，淑珍在厨房里炒最后一个菜。猪肝刚下锅，淑珍突然把头探了出来，等一下你妈妈打电话来，要对她说的话，你先想好。她听到油爆了一声，淑珍把猪肝翻了个身。恩，阿蕾很小声地说，她把连衣裙上半身的扣子解开了又系上，系上又解开。窗外，清濛的雨让她忘了现在是几月份、几点钟。

走廊里，阿蕾趿着人字拖，她看到淑珍在阳台上晒咸肉。几条咸肉干，淑珍来来回回地反复拍打，穿来穿去，脸在肉干后迟疑地闪现。林裴蕾什么机器的轰鸣声也没有听到。林孔英问她，你有没有好好读书？阿蕾说，有。考得好吗？阿蕾咬了咬嘴唇，没说话。

孔英犹犹豫豫地问她,淑珍对你好吗?阿蕾低下头,嘟哝了一声,谁也不知道她在说什么。孔英说,要吃什么,让她给你买。阿蕾没说话。

孔英忽然间提高了嗓门,她说,你干嘛不说话。阿蕾说,我不知道说什么。

你是不是不爱说话?下铺的那个女孩问她,她看起来比她还小,面色红润,身体粗壮。她说,你从哪里来?

林孔英茫然地看了看她,她说,海南。

你听起来倒没有海南口音。她又问,门口的那个男人,他是你什么人?

表哥。林孔英想了想,她说。

做你表哥老了一点吧,女孩做了个鬼脸,用一种神秘莫测的眼神望了望她,拎着个桶出去打水了。再过一个小时她就要上工,这里的活就是这样,日夜轮流替换,床也是轮流睡的。海风拍了拍她的肩膀,广州的夏天是不是很热?他从头到脚地看了看她,你有没有带夏天的衣服来?工厂里会更热,不用穿这么多的。林孔英觉得自己浑身都有点不自在,她点了点头,又摇了摇头,海风就笑了。

往手上的身份证轻轻地吹了一口气,这个唐聪芸,她说,是死了?

嗯,海风说,她本来就有遗传病,不应该出来打工的。

二十三岁?

二十三,海风问她,你是几岁?

十八,林孔英低下了头,看了看自己的脚趾尖。十八,她低声又暗自重复了一遍。

夏天,快要期末考了。阿蕾放学回来,看到淑珍和仙草铺子的老板娘躺在两张夏日摇椅上,扇扇子,拍蚊子。她们俩看到她,忽然间就沉默了,一齐对着她笑了一下。淑珍说,厨房的柜子里,那里有一罐瓜子,你给我拿来好吗。阿蕾点点头,逗了逗那只猫,慢吞吞地往楼梯上爬。爬到一半,她停住了。阿蕾长得矮,站在阴影里,连影子都被遮没掉了。老板娘啐地一声,显然是在吐瓜子壳。自己的外孙女,怕什么?淑珍的扇子很用力地一拍,她说,俗话说,不是自己的骨肉,养不乖的,养来养去也是一场空。老板娘说,你晓得她爸爸是谁吧？淑珍说，不晓得，我当真不晓得。老板娘说，广东人吧？你看阿蕾，颧骨生得那么高……淑珍叹了一口气，她说，像她这样，本不该来到这个世界上。老板娘笑了笑，没有她，林孔英就不会回来了。淑珍说，我想不通，我这一辈子，并没有做什么坏事情。老板娘说，唉，实话实说，你还是很划算的啊？她每个月给你打多少钱？

阿蕾听到淑珍在躺椅上翻了个身。一瞬间，阿蕾屏住了呼吸，仿佛时间都静止了。然而她什么也没听到，老板娘像只鹅一样地笑了起来，有什么毛茸茸的东西蹭着她的脚，她回头，看到刚刚的那只猫，跟着她上了楼梯，一抬腿，往上跳，立在了二楼的楼梯栏杆上，用淡绿色的眼睛盯着她看。淡绿色的眼睛，在傍晚的光影里，像鬼火一样。

窗外，是夏天的热烈的火烧云。林裴蕾觉得自己口很渴。

阿蕾用胆怯的眼神看了淑珍一眼，她说，我能喝点可乐吗？淑珍说，去拿吧。冰冰的可乐，阿蕾把它贴着脸，舒畅地笑了笑。她喝了两口，又问，我能一次性喝完吗？淑珍说，喝啊，喝完它。午后的骑楼里，弥漫着熬煮中药的气味,像某种烟雾一样挥之不去,淑珍的脸,变得模模糊糊,光影一层一层地,在她的脸上重叠。

她饶有兴味地盯着阿蕾看。阿蕾说,我脸上有字吗?淑珍笑了,哗地拉开一罐可乐,噗的一声,气泡咕噜噜地一齐往上跑。突然,淑珍的脸凑了过来,林裴蕾能够清晰地看到她的毛孔和皱纹。阿蕾啊,她说,你在广东的时候,见过你爸爸吗?他长什么样子。

阿蕾仰起头咕噜咕噜地喝可乐。仿佛自此以后,就再也喝不到了。淑珍不甘心地又问,不可能吧,你就没点印象?

林孔英发现自己的记忆力出奇的好。她很快地记下了五笔的打法,别人都还在背表格的时候,她已经能打句子了。巡班的老师经过了她的电脑,她举了举手。她一摊手,说,我打完了。那个男人不可置信地看着她。他说,不能够吧?

她把椅子往后一滑,让出空位,你来检查看看,她说,有没有一个错字,我只用了十五分钟不到。她捏了捏拳头,还想说些什么,他却走了。

下了课,她拿着书绕到讲台那里,靠在台子旁边。

那男人的眼睛从镜片上方看了看她,他说,下课了,你不回去?孔英瞄了他一眼,然后又把眼睛溜开了,舔了一下干燥的嘴唇。她说,老师,你不是要招助教吗?你看我怎么样?

她盯着窗外,用很快的语速继续说,我很聪明的,学东西很快。我不要工资,只要免掉学费就可以了。

她又说了一遍,却慢了下来,老师啊,你看我怎么样?

她挂着一个工作牌,上面写着,助教,冒号,唐聪芸。海风盯着她的牌子,不知道是在看相片,还是在看她的假名字,突然间笑了起来,她的脸红了。他说,你就长得这么老,没人看得出来你虚报了五岁?

隔着鸳鸯锅水雾缭绕的蒸汽,海风脱下了眼镜,细长的皱纹,和蔼地笑成了弯弯的水波。他说,你知道吗?我有一个神技,能把单眼皮翻成双眼皮,再翻成三眼皮。

林孔英有点生硬地说,我不知道。

海风把眼睛凑了过来,三层眼皮,再加上如刀痕般的皱纹,他盯着她的胸牌,那本来有些不雅,然而她觉得自己的身体在不由自主地抖动。他说，真奇怪啊，一个人瞬间就能换一个名字，换了一个名字，还是这个人吗？

孔英大着胆子说，你是说你老婆吗？你后悔过吗？帮她做了一张假的身份证，她就跑了。

他把牛肉片倒进沸腾的水里，轻轻一烫就倒进了林孔英的碗里。他说，趁着嫩的时候吃，稍过一会儿就老了。豆腐熟了，他又给她夹豆腐，他说，趁着热的时候吃，凉了就腥了。

他说，你有没有读过一首诗，"春有百花秋有月，夏有凉风冬有雪"。

孔英把肉片丢进辣椒酱里，几颗干辣椒飞到了她的脸上，她赌气似的说，我又不是语文老师，我读诗干嘛，我挣钱还来不及呢。

海风很专注地看着她，她不知道他是醉了，还是没醉。他说，不，你是读过诗的女孩子，我看得出来。

淑珍把那只母鸭子屁股朝上，倒悬着挂了起来。她说，好家伙，屁股那么大，是只好鸭子。你说我们是烧老鸭汤，还是红烧鸭块？

林裴蕾说，你不要问我，你去问老孙吧。

老孙，没教养，老孙也是你叫的。淑珍嘴里在骂，面上却是喜滋滋的。她说，那就烧汤吧，你帮我去跑一趟，和孙爷爷说，请他晚上过来喝好汤。

林裴蕾一转身就进了卧室，她堵上了门，又用耳塞堵上了自己的耳朵。然而过了一会儿，她还是听到了淑珍穿着高跟鞋出门的声音，踢踢踏踏的，她看向窗外，骑楼的二层，永远看不清楼下的情形，对楼，你看清对方之前，对方就已经看到你了。林裴蕾忽然觉得很无助，她把自己收藏的琼瑶小说全部翻出来，读着读着，惊讶地发现自己竟然一直在哭。鸭汤的香味飘散在骑楼里，淑珍却还没有回来。天色暗下来，下了几滴雨，像要打雷，她感觉到一阵突如其来的害怕，她想着那些小说里的女主人公，苦闷的家庭，失宠的姨太太，严厉的父亲，老孙的亮嗓门就在楼下响起来了，雷声炸裂，老孙摸着骑楼的扶手慢悠悠地走上来，阿蕾啊，阿蕾在吗？他的音调像拖鞋在地板上趿拉趿拉的声音，阿蕾啊，他说，我给你带了礼物。

从来没有人对她这么好。林孔英在上铺翻了个身，她想，他请她上饭店吃饭，给她买夏天的连衣裙，带她出去玩，如果他只是把她当成前妻的同乡妹妹，他卖给她身份证后早就该消失了，为什么老在她身边晃悠。她又翻了个身，床板咯吱咯吱地响，天花板上的墙灰扑扑掉在她的额头上，她觉得迷迷蒙蒙、恍恍惚惚的。下铺的女孩在打呼噜，一阵又一阵，她有一种喘不上气的感觉，身子先是变得滚烫，然后开始发冷，一截一截地凉下来。她想起他那种意味深长的眼神，浅浅的胡渣，像要凭空捕风，满头大汗，却扑了个空。

不是"满"，就是"空"，他对她说，我最喜欢王维的诗，"行到水穷处，坐看云起时"。他叹了口气，她看着他落落寡欢的背影，很想知道，他到底在想些什么？

同屋的女孩斜着眼睛问她，唐聪芸，你晚上不睡觉在干什么？林孔英说，我什么时候不睡觉了？她做出了一种鄙夷的表情，她说，变态吧，你害不害臊？林孔英的脸瞬间就白了。她转过了头，盯着白墙，还是淡淡地冷笑了一声。你呼噜声打得那么大，是在做梦吧？你不害臊？

唐聪芸在日记里写：

"不要这样过了,再也不要这样过。再也不要那样过。究竟我该怎样过?"

台风将至,风紧一阵慢一阵,清濛充满潮湿的雾气,像挂在雨帘子的下面。阿蕾故意把楼上的窗户全部打开,然后戴上耳塞,窝进房间里读小说。哗啦一声,玻璃渣子碎掉了,在大雨中,一块一块地往下掉。淑珍在隔壁的房间里喊,作死啊,嗓门很大,阿蕾听得清清楚楚,她快乐地扑哧一笑。有一次,淑珍和老孙刚大吵完一架,淑珍啪地一下就给了她一巴掌,她说,是你开的窗户是不是?你以为我不懂?你以为我不知道?

另一次,老孙提着礼物,摸着骑楼的扶手悄悄地上来了。阿蕾读着一本琼瑶的小说《一帘幽梦》,读着读着就睡着了。老孙站立在她的床前,不知道站了多久,阿蕾揉了揉惺忪的睡眼,吓了一跳,警觉地说,外婆呢?老孙笑了笑,她去买点心去了,你接着睡啊。阿蕾一盘腿坐了起来。老孙指着那本书,他说,你读这种书,怪不得学习成绩不好。

阿蕾把书慌乱地塞进棉被里,她说,你别告诉我外婆。

老孙慢悠悠地点着了一根烟,你读这些东西,你懂它是什么意思?

什么什么意思?阿蕾觉得羞耻,因为她的脸忽然之间就红了。

老孙指着其中的一段话说,你读这些乱七八糟的书,脑子里就整天都是些乱七八糟的东西。我不告诉你外婆,不然你外婆会跟你妈妈告状,是不是?你妈妈会很生气,是不是?你们家的事情我都知道。

你懂什么!阿蕾突然之间就把书摔到了地上,她烦躁地绕着房间走了两圈。在阁楼红砖墙上的全身镜里,看见自己被窗外溜进来的风吹起的裙摆,沿着大腿间滑来滑去,在臀部那里鼓胀成一个饱满的形状。她愣了愣神,老孙慢悠悠地朝着窗外的方向开始吐烟圈。我是医生,他得意地说,我有什么不懂的?忽然间阿蕾被烟呛了一口,毫无征兆地落了两滴泪。现在,骑楼的屋顶发出了雨滴乱溅的声音,天色似乎一下子就暗了。

老孙指着其中的一段话说,"阴部",你知道这是哪里?你把大腿叉开来,中间白白的那一块。不是这一块,是那一块。老孙的眼睛在一片黑暗里闪闪烁烁的,他把手伸过去摸了一把,就是这里,他说。

我是医生,我有什么不懂的?

我不告诉你外婆,你读这些乱七八糟的书。不然你外婆会跟你妈妈告状,你妈妈会生气的,你们家的事情我都知道。

午觉过后,阿蕾翻了个身,她发现被汗水湿透的衬衫,紧绷绷地贴合着自己的身体。她陷落进一个熟悉的噩梦,冷得浑身发抖。她梦见自己在绿色的水藻间游泳,岸上是淑珍和老孙的脸。淑珍一伸手就拧开了她的房门,她扯着嗓门说,接电话,快接电话,你磨磨蹭蹭地在干嘛。你妈妈的电话,从广东来的电话。

五年之后,林孔英第一次从广州回清濛。阿蕾和淑珍一起从出租车上下来,淑珍的脸被冻得红扑扑的,孔英的脸色很苍白。她伸出手来,捏了捏阿蕾的手,像冰块一样。阿蕾不自觉地绕到了淑珍的背后,淑珍说,愣着干嘛啊,喊妈妈啊。她的声音风铃一样,家里的桌子上摆满了菜,像过节。

淑珍还是告了状,林孔英把阿蕾的教科书封皮全部拆了,一本又一本琼瑶的小说掉落出来,铺满了卧室的地板，那场面蔚为壮观。林孔英整个人都愣住了，眼睛里喷射出一团汹涌的怒火。淑珍没走，她悠闲地靠在陈年的木柜子旁，手里抓着一把香辣腰果，边吃边把嘴上晶莹的盐粒在手指间一撮，撒到空气里。

她说，你瞪我干嘛，没良心的小丫头，我是你外婆，我还不是为了你的学习，你整天读这些乱七八糟的东西，你怪谁？

林孔英说，谁给你的书？谁教你读的这些！她把书举到她的眼前，一页一页地撕开，林裴蕾惊讶地发现林孔英全身上下都在发抖，雪花似的碎片，轻轻一抖，在空中都戏剧性地散开了。她一字一句，沙哑着嗓子说，费云帆、江雨杭、梅若鸿、福尔康……你以为，小说里那些白马王子都是真的？放狗屁！孔英的眼睛和窗外的夕照瞬时间红成了一片。男人没一个好东西！

唉？这句话倒是真的。淑珍吃完了腰果，拍光了手上的盐粒，显得挺高兴，扭着腰肢就下了楼。

林孔英像忽然之间就泄了气，跌坐在地板上，用红通通的眼睛目不转睛地盯着她看。她用很虚弱的语气说，你是个女孩子，她顿了顿，你如果不努力，知不知道会怎么样？

怎么样？阿蕾回看着她，壮着胆子，觉得自己的声音都变得空洞了。我不知道，她说。

我在读王维的诗，她试探性地说，心神不宁地抬头看了他一眼。他愣住了，搅火锅的手忽然之间就停了。哦？他干巴巴地说，那么，你喜欢哪一首？她的眼神里闪烁出雀跃的火光，用白白的手指尖蘸了蘸芝麻酱，在桌子上写，"兴来每独往，胜事空自知"。他起身添了一次水，壶嘴没对准，半杯水都泼到了桌子上。她给他夹了一大筷子肉，忽然之间突兀地说，我不会做一辈子车间女工的。

我知道。

我在上电脑课，还在上外语课，也在跟人学白话。哦？我还做助教，学费都省下来了。

哦？

我准备着去当办公室秘书，也许很快就能当上的。

无所谓的。

我有所谓。

她忽然间表现得很生气，把整盘冻豆腐咣当咣当地一股脑全部丢进了沸腾的锅里。热汤同时溅到了他们俩的脸上,她哭丧着脸,他伸出手来怜爱地抹了抹她的鼻尖。

等他们一起走出火锅店的时候,他结完账,从收银台那里慢慢地靠近她。她盯着他们两个人的影子,慢慢地,它们重叠在了一起。她掉了几滴泪,但别过脸去很快地抹干了。他忽然之间就陷入了沉默,他的沉默让她觉得很无助。到了路口,临近分别,他并不很殷勤地说,一会你下课之后,要不要我去接你?她用鞋头在地上划了划,低下头说,不用了,我和工友一起回去。哦,他点点头,若有所思似的,又露出了那种她熟悉的、犹犹豫豫的表情。最后他叹了口气,声音仿佛变远了,自己一个女孩子家,他说,小心点。他仿佛还想说什么,但只是捏了捏她的手掌心。她在往另一个方向走,觉得自己又想大哭,又想发脾气。

那一年在唐聪芸的日记本里,呈现出一种奔流之势。"时间就是生命",一步一步地,她写下自己跳出当下世界的计划。读书、电脑、英语、书写、白话……"我没有时间烦恼因为我要做的事情太多了",她抄写很多励志口号和歌词,鞭策自己努力,太累了,写下来的字又歪又大，有时候在两页之间形成了对角线。"我们可以平凡但不可以平庸"，她更频繁地做噩梦，在睡梦中胡言乱语，害怕陷在当下，她恶狠狠地说，时间是我的敌人。

后来她又说，时间是我的朋友。她写下这些话的时候，心情仿佛就像在坐过山车。"目前我什么也没有，我唯一的资本就是我还年轻。"那个时候，她的语气有着稍许的改变。或许，她意识到了什么，或许没有。

"木末芙蓉花，山中发红萼。涧户寂无人，纷纷开且落。"林孔英又在读王维的诗了，她本是冰雪聪明的女孩子，一读心里就通透，再读下去，身体越来越冷，像水逐渐变成冰，成为凝固不动的整体。深深地，她叹了口气，仰望着天花板，想哭，又把眼泪缩回去了。不是现在，她对自己说，现在先不要哭。

庄庄仰望着骑楼的天花板，阳光从窗棂里射进来，在镂刻的花鸟虫鱼之间，老得步履蹒跚的尘埃缓缓升起，像从木缝里挥发出来的缕缕青烟。庄庄显得很诧异，好高啊，他说，我从来没有见过这么高的天花板。

一只猫跑在前面，淑珍摸着楼梯的扶手走下来，她笑嘻嘻地，把庄庄从头到脚看了一遍，用手啪地拍了一下他的背，略显振奋，你就是庄庄吧？哎呦，好精神的小伙子啊。

吃饭的时候，庄庄出现了灰尘过敏的症状，一块红斑像聚居的虫子一样在他的肩膀上爬。淑珍探身过去，神秘地说，有一些客人，第一次来骑楼会这样的，等等，我去给你拿雪花膏啊。林裴蕾皱起了眉头，当场就把脸放下来了，庄庄涂上了一层厚厚的雪花膏，那浓烈的气味让她感觉到嫌恶。淑珍的笑有一种阴阳怪气之感，一直"客人""客人"地叫他，她想做什么呢？

庄庄走后，淑珍说，林裴蕾你好糊涂。她把自己的衬衫解开，指了指自己吊在肩膀上的两根内衣带。她说，这里。

什么意思？

什么什么意思？淑珍吃惊地探身向前，似乎想从她的眼睛里看出些什么。这么说，你不知道他肩膀上有草莓？

什么草莓？

淑珍把身体的幅度收了回来，冷冷地倚靠在门板上，直勾勾地盯着她，神情严肃。如果你当我是你外婆，她缓缓地说，就听我一句劝，这样的男人，自己吸草莓？

你满足不了的,趁早分手吧。

林裴蕾想发作,但住了口。她看到了淑珍的目光,冷静幽远,带着一种淡淡的悲伤。淑珍叹了口气,用着一种唱戏般的口吻说,唉,她说,你别逼我,回首往事啊。

淑珍的脸,变得模模糊糊,光影一层一层地,在她的脸上重叠。她说,你说?老孙摸了你哪里?

阴部。林裴蕾昂起头,她的脸一阵红一阵白,淑珍的两颗门牙痛苦地咬住了嘴唇,她看到她在发抖,她们俩面面相觑地站着,一股奇怪的气息从两人之间穿过。淑珍茫然地说,让我想想,她摸着楼梯的扶手慢慢地往下走,说是在走,更像是爬。林裴蕾忽然觉得她一下子就变老了,又老又臃肿。

阿蕾哭了,她意识到自己永远失去了什么东西。"木末芙蓉花,山中发红萼。涧户寂无人,纷纷开且落。"临回广东前,林孔英对她说,真要读,你就读读诗不好?她怅然地说,你爸爸很有学问的,他最喜欢王维。

淑珍后脚就把阿蕾父亲的最新信息告诉了楼下仙草铺子的老板娘,广州的某个语文老师,她兴奋地说,教古诗的。

房间里充满了一股浓烈的腥湿味,庄庄坐立不安地坐在饭桌旁,好像在接受一场面试。林孔英问庄庄,你是研究庄子的?庄庄说,是。孔英说,研究庄子的什么?她听到林裴蕾在座位上嘿嘿地干笑了两声,她说,哦,你们的那些学术题目,我可能听不懂,我就是对这些比较感兴趣。

庄庄点点头。他投其所好地说,听说您喜欢王维的诗,王维的诗是很好。

那你觉得,林孔英踌躇了一下,然后她说,人的一生,究竟应当怎么过呢?

嗯?庄庄愣住了,什么?他说,我还年轻,还没有想过这个。

哦?林孔英轻松地笑笑,其实我是想说,你对未来有什么打算?

博士毕业之后,我打算进高校教书。庄庄说得既快又流利,现在传统文化很热门,我还可以在外面兼职教课挣钱。我会努力给阿蕾一个好的生活。

庄庄的眼神闪烁了一下,脸忽然之间就红了。林孔英淡漠地瞟了他一眼，随即陷入了沉默。

你说你是研究庄子的？莫名其妙地，林孔英又问了一次，庄庄显得很尴尬，不知道她是在问他，还是在自言自语。

是。庄庄很困惑，他又回答了一次。想了想，补充了一句，我从硕士起就在研究庄子了。

林孔英消沉地一直坐在那里，看上去满腹心事。她说，不是很有前途，但是学历高，人又简单，挺适合你的。

林裴蕾说，你干嘛那么刻薄，说得好像你自己多有学问似的，他是博士，还拿过奖学金的。

哦？奖学金？林孔英看起来像是要发笑。反正他挺简单的，她像开玩笑似的说，简单点的男人挺好，我同意。

生意冷清的火锅店看起来要提前打烊，一片雪白的光束穿过他们之间，又熄灭了。好像行在一艘点了灯的船上，四周围是逐渐蔓延的黑暗，两个人默不作声地坐着。海风开口说话，用着一种很轻的语气，如果我是一个很简单的人,我就可以选择和你在一起,可是我不是。

林孔英的脸已经变了颜色,她知道他要说什么,可是她一声不吭。他只好很艰难地说下去,在这个时代里,像你们这种事事都安排得有条不紊的人,想要什么就能拥有什么。

海风说,我本来是个语文老师,不三不四地背地里还帮人做假证。其实我早该辞职了,像我这样的人,活着有什么意思呢?

上来一瓶啤酒,林孔英重重地把玻璃瓶底敲在了桌面上。读书有什么用,他忽然没头没脑地笑了,读书没有用处的。

你让我读诗的,她看着他,半是讽刺,半是怜悯。

是啊,我很矛盾,我很矛盾是不是?他也看着她,眼睛里波光闪耀的,有一些微弱的光,但很快地熄灭了。

我很累。在酒精的作用下,不自觉地,他翻出了三眼皮,眼睛变得通红。你原谅我,我真的很累,他重复说着,像一个球,在空中飞来飞去,一松手就会落地。

啪。他做了一个松手的动作。盯着自己的手,露出了一种怪异的难以置信的表情。

你很累,林孔英用很重的鼻音说,但你不要以为只有你一个人累，我也很累。她站起身，又坐下来，忽然狠毒地盯住他，粲然一笑。这个孩子，她说，已经快要成形了，现在打掉，是要做鬼的。你信佛，你是信佛的是不是？

日记的最后一页，唐聪芸写上，他，是一个仿冒品。"春有百花秋有月，夏有凉风冬有雪。若无闲事挂心头，便是人间好时节。"哭完之后，唐聪芸对自己说，属于她的时代，就要来了。

那是她永远也不会忘记的一天。工厂车间的门开了，刮进来一阵莫名其妙的风，门口的铃铛，在翻涌的热浪里，索然响了两声。一个男人出现在门口，带着一束光，仿佛有些眩晕。他说，我要临时找个人去帮忙，办公室文秘的工作，有没有人会做的？

机器的轰鸣声仿佛开始变大，因为所有的女工都暂时停下了手中的工作，哑然看着他。一种诡异的沉默，持续了屏息静气的几分钟。然后林孔英麻利地脱下工作服，走到他的面前。

她还没有开口，他就开门见山地问她。

你会电脑吗?

林孔英深吸了一口气,会,她说。

打字会吗?

会。

电子邮件、排版会吗?

会。

他招呼她跟着他出去,走了两步,突然之间又回过了头来。白话会说吗?

林孔英觉得自己的声音在不可抑止地发抖,会的,她说。

好,很好。他满意地点了点头,跟我走吧。

林孔英麻木地跟在他的身后,脚步迟缓,觉得身体都不是自己的。回过头,她望了望工厂车间的玻璃门,它戏剧性地在她身后缓缓合上。她的身影,在正午烈日的直射下忽然间就消失了,跟着他,他们穿过了工厂前面漫长的稻田和油菜花地,花苞都被烤干了,条件反射似的,她又想起了那首诗,恐惧使得她颤抖了一下,"纷纷开且落"。

阿蕾迟疑了一下,她对庄庄说,我们家是很奇怪的。

庄庄说，我知道的。阿蕾说，我母亲不是我外婆的亲生女儿。庄庄很惊讶地说，啊？阿蕾说，那你知道什么？庄庄笑了笑，哦，那就不知道了。阿蕾哭笑不得地看着他，庄庄很真诚地摸了摸她的鼻尖，我没关系的，我心疼的是你。阿蕾烦躁地拂开他的手，走到窗边，风从骑楼的窗棂里簌簌地灌进来，晚饭的时候，天气预报里说，二十四小时之内，台风会登陆清濛。阿蕾说，以往每年刮台风的时候，大热天，淑珍就怀上了孩子。台风会把骑楼屋顶上的瓦片掀翻，林永春常年不在家，她挺着个大肚子，喊林孔英去加固屋顶。林孔英爬上去，手脚很慢，有的时候一直干到太阳落山，她说，她盯着头顶的星空，感到既好奇，又害怕。

庄庄用一种吃惊的口吻说，你好像在说故事。

林裴蕾继续说，淑珍不停地尝试怀孕，但像见了鬼似的，每一胎都流产。后来算命先生说，怕是有冤孽。

庄庄停了停。一只猫忽然从房梁上跳了下来，略过他们。淡色的眼睛，像月亮发出某种凄白的光。

林裴蕾盯着头顶的天花板，稍一恍惚，它就变成了一个巨大的星空。林裴蕾说，你会不会觉得这骑楼有点古怪？

庄庄说，不会吧。最后一个音很轻，像个气泡，被划过天空的雷声戳破了。

对于如何生下这个孩子，林孔英做了周密的计划。她搬离了集体宿舍，用积攒的钱在广州的城乡结合部租了间小屋子。为了避人耳目，她没有去医院，自己在出租屋里烧了一壶热水，用一把新剪刀剪断了婴儿的脐带。还在哺乳期，为了不错过机会，她去参加了文秘证书考试。炎热的午后，她写卷子的时候，惊恐地发现自己开始胀奶，乳房像一颗自顾自成熟的果子，奶水沿着她的汗衫往下滴，又痒又滑，她的身体浸润在一股春日般的甘甜汁液里。监考老师摘下了眼镜，手足无措地摸了摸自己的秃头，她故作轻松地笑了笑，她只是说，我就快写完了。

她未婚先育的消息还是在仅有的熟人之间不胫而走，渐渐地，她发现电脑班课程的老师，看她的眼神开始变得异样。有一次下课之后，他在她身后就把门锁上了，他说，我是个单身汉，没有家累，这几年倒是存了很多钱。他的手无力地垂在身体两侧，一直在发抖，这没有丝毫激起她的怜悯之情。她冷眼盯着他，一字一句地，感受到一股奇异的畅快电流。她说，你看我这样，你就觉得我好欺是不是？怎么？你看我这样，你就觉得我掉价了，你配得上我了是不是？癞蛤蟆想吃天鹅肉，做你的春秋大梦去吧。

哼，乡下来的破烂货色，他说，你以为你是个人物是不是。

是。林孔英很坚定地说，她昂起头，抡起手边的椅子，她说你开不开门，不开门我就砸了。

林孔英惊讶地发现林裴蕾长得很像海风。她翻过身，半睡半醒的婴儿给了她一个眯瞪瞪的微笑。她看到她和父亲一样的长睫毛，和那种无端皱眉的表情，心里某些柔软的地方，还是会忽然间被扎一下。她又翻了一个身，望着窗外浩渺的星空，聆听着四周的声音，感觉到心情出乎意料的平静。她听到远处传来了飞机轰鸣声，似乎就眼睁睁地看着它滑过了头顶。汽车在夜色中的高速公路上奔驰，从远古时代就存在的星辰，升起来，凝视着她，企图用光芒超越那些短暂的困惑与悲喜。一时间，她有些搞不清楚自己究竟是醒着，还是仍旧在梦里。她听见游乐场游乐设施滑道滑翔绳索的声音，感觉自己一直在坠落，伸出手去，是一种奇异的冰凉感觉，然后水开始越来越多，越来越冷，最终变成一种刺骨的疼痛。

忽然间，她又念诵出了一句诗，那大概是她人生中最后一次读诗，"夜静水寒鱼不食，满船空载月明归"。

"夜静水寒鱼不食，满船空载月明归"。千禧年，林裴蕾第一次来骑楼。林孔英像寄存一件行李似的，一放下她，连夜就坐火车赶回了广州。第一晚，淑珍紧挨着她睡，她闻到一股浓重的雪花膏气味。看着天花板，她感觉到骑楼的种种古怪之处，却不知道该如何消化自己的这种感受。她翻了个身，淑珍的脚底板正朝着她，沟壑很深，有水纹的形状，像某种隐秘的山水图案。她想，我的外婆，究竟是个什么样的人呢？

在广州有一次，林孔英喝醉了，和阿蕾讲过她小时候掉进池塘的故事，她奇迹般地生还，年仅两岁，还保留下清晰的记忆，每个人物都栩栩如生，但几乎没有人相信她的鬼话。传言在村子里盛行了许多年，直到林孔英十八岁离开清濛，还有人一看到她就暧昧地笑起来。小时候，你继母把你推到池塘里，想把你淹死是不是？你还记不记得？你虽然很小，不至于没有印象吧？你就一点印象也没有？

阿蕾战栗着，有什么冰凉的东西，正滑过她的肚脐。一条鱼，一根水草，或者只是一条蝌蚪，在池塘里，从下游往上游走，庄庄把她的乳头含在嘴里，她的乳房比较小，不像任何瓜类。

慢慢地，阿蕾觉得全身冰凉，像泡在水里。充满污垢的池塘，她往下沉，想抓住什么东西，但只是一直往下沉。她喊着，救救我。岸上有一个人影，一动也没有动。半夜里，她抓着棉被，坐起来，庄庄一下子就醒了。他翻过身来，温存地抱住她。他很慌张，阿蕾，你为什么哭，是不是痛。

不痛，林裴蕾说，奇怪，我只是觉得很害怕。

三、逍遥游

临近毕业的那年夏天，他们三个人一起去了广州。庄庄，黄穗和阿蕾，在漂流景区的竹筏入口，一阵恍惚的阳光在梧桐树的阴影里被打散，阿蕾困惑地眨了眨眼，他们两个人就都不见了。她被人潮推挤着往前走，在入水的地方看到了黄穗又白又小的脚丫子，正踏在一只竹筏上，指甲上是款式别具一格的黑色亮片蔻丹。庄庄扶着她踩上去，她翘起了一只大拇指，单脚立在竹筏翘起的边缘上，摇摇晃晃，回头招呼她，林裴蕾你好慢啊，我以为你掉到水里去了。庄庄也回头看到了她，他说，唉？学妹，你来啦。

　　入水的地方，游客们推搡得更加厉害了，大家都没有穿鞋，不知道是哪个壮汉踩了她一脚，她哎呦叫了一声，低头一看，看到自己粗糙的脚板，皮肤上还残留着南方湿气侵袭后的脂溢性皮炎。工作人员拿着喇叭大声喊，男女搭配，平衡重量。于是黄穗和庄庄一艘船，阿蕾的船上，凭空跳上来一个陌生的壮汉。山势陡峭，水流湍急，阿蕾全身都湿透了，一路上，她倚靠在竹筏边缘，暗自流泪。水越大，她就哭得越伤心。

　　旅行之前，她对庄庄告白，她说，我们三个人，在一起做了这么久的好朋友，你从来都不知道么？不知道，庄庄说，我不知道，他举起一根手指，指着天说，我可以发誓。发什么？林裴蕾冷冷地说，制止了他。她仰头看了看天,咬了咬嘴唇,小声地问,为什么呢?庄庄愣住了,他挠了挠自己的后脑勺,阿蕾,我想独身。

一路上,林裴蕾震惊于自己一直以来的迟钝,她看到庄庄追随黄穗的灼热的目光。她个子很小,古灵精怪,私底下,他们都管她叫精灵。阿蕾放眼四望,全是密密麻麻的树木,哪来的什么精灵?他们俩已经看不见了。他们俩在船上做些什么呢?她边想,边发现自己在不可抑止地颤抖。

急转弯,进入平地,一只船划着桨,撞了她的船。黄穗湿漉漉的刘海遮住了半张脸,对着她哈哈大笑。那根桨的头露出来,她呆了,是一只喇叭,用她的裤腰带,固定着一根雨伞的杆子。阿蕾说,你把救生员的喇叭给抢了?黄穗没来得及回答,船又被水流冲走了。只听见她在笑,庄庄也在笑。

周围充满了年轻男女的欢声笑语,此时此刻,她似乎是多余的。她想,这么多人啊,他们都是真心相爱的吗?

她仿佛被抛弃了,淑珍说。肯定不是被他们两个人抛弃,而是被某种更加强大的东西,一个谢顶的老头眯着眼睛说。他曾经是个物理学博士，现在说起话来，却充满了哲学意味。他看到林裴蕾走进病房，朝着她意味深长地点了点头，淑珍却哗啦一声站起来，哐当一下打了他的头。什么？我都跟你说过了我们走在路上的时候还没有刮台风。哎呦气死我了，你这个老糊涂。

那是什么时候刮台风？你说啊？另一个老头子问她，他暴跳如雷地站起来，用拐杖敲地，绕着椅子转。

到底跟台风有什么关系啊？淑珍说，你们这群臭男人，我不说了，不说了。淑珍一甩手，不知道又打到了谁。刚刚被敲了头的物理学博士在哭，还有一个老头也哭起来，瞬时间聚集的几个病人都哭成一片，只有淑珍从椅背上站了起来，诡异地一笑，她看到了林裴蕾，又作了个揖，她说，六小姐，你来了？我们去吃饭吧。

外婆，你讲故事吗？你在讲什么故事？

我在讲你嫁给林永春的故事。

我是六小姐啊？那你是谁？

我是小六啊，小六你忘了吗？淑珍扯了扯她的衣角，用热切的眼神望着她。在饭桌旁一坐下，她揭开保温桶，一看到那盘白切鸡，愣住了。她显得可怜而无助，整个人像一片被霜打折的树叶。你干嘛给我吃这个，你是不是要折磨我？这些年我生不出孩子，我知道都是你捣的乱。可是我不是故意的，你知道不知道？

  小时候她就觉得骑楼里的镜子鬼影幢幢，浴室里摆放着一对相称的水池，水池上方挂着的带灯镜与卧室里的镜子一模一样，连储藏室打开，头顶的位置都悬挂着一面方形镜，走下楼梯，楼梯的尽头还有一扇全身镜，每次林裴蕾都觉得，有什么东西在那里等着她。一个女孩的身影，穿着夏天的纺绸睡裙，水晶拖鞋，走进一看，像淑珍脚底的山水图案一样，皮肤褶皱渐生，日渐枯萎，变成一个憔悴的女人，然后淑珍从楼梯拐角的阳台那里直接蹿了进来，手里捧着一碗草莓在吃，嘴唇都吃成了粉红色，挡住了镜子里原来的身影。再仔细一看，不是淑珍，是一个陌生的老太太，比淑珍更瘦一些，那么瘦，肯定不是淑珍。

  林裴蕾惊醒过来，她知道自己又做噩梦了。她一翻身，身旁空洞洞的，只有一片浅浅的月光，庄庄再也不会在那里了。他本来似乎就不应该在那里的。她屏住呼吸，只听到风声，连猫走路都是那么轻。她又变成了当年的那个小女孩，像一件行李似的，被扔在了骑楼里。

电影散场了,黄穗却不见了。他们俩坐一排,她坐在后排,他们之间发生了什么,她不清楚。电影里究竟演了什么,她不关心。她像个幽灵似的跟着庄庄出了电影院,外面却是大雨滂沱。庄庄失魂落魄地站在门口,她用手捅了他一下。她说,走吧,我带了一件雨披,不过,只有一件。

他们撑着同一件雨披,走了一段路去乘车。这段路不长,但对阿蕾来说却很珍贵。雨声噼啪作响,他们纷纷低着头盯看自己的足尖,一时寂静,胳膊肘似有若无地摩擦。雨下得反常的大,还没有走到车站,又刮起了一阵狂风,年轻少女的身体,似乎都发散出一种温暖的弧线,收起雨披,庄庄愣了愣,他忽然问她,你冷吗?阿蕾没说话。他说,我们去喝酒好不好?阿蕾点点头,她说,走吧。

那个晚上,庄庄抱着她的身体在哭。他说,她一直把我和别人比来比去你知不知道?别人是谁?黄穗有那么多追求者,你说的是哪一个?她也在发抖,那是她第一次喝酒,血全部汹涌地往脸上涌。然后她在酒吧的镜子里,看到自己的脸忽然之间就变得煞白,她说,为什么黄穗可以，我不行呢？

林裴蕾突兀地将身体横在林孔英的目光前，她问，淑珍是谁？

林孔英在收拾出差的箱子，从天而降一道阴影，她没有看她，随口说，你也糊涂了是不是？还是你在问我哲学问题？

哲学问题。

林孔英看了看她，要问哲学问题，先去拿个快递上来。

林裴蕾抱着个包裹又回来了，这一次，略略犹豫，闪在了她的身后。她说，淑珍是谁？

林孔英站起身，拍了拍手上的灰尘。你在说什么啊？林孔英把快递塞进去，箱子啪的一声被合上，约好的出租车在楼下按了按喇叭。林孔英要走，林裴蕾却缓缓地移动到了她跟前。

淑珍不是六小姐是不是？她边说，边有一种缺氧的感觉。仰头望着天花板，感觉到整个漩涡都在旋转，像绿植遍布的山林，或者苔藓丛生的水域。这就是你急着要把骑楼卖掉的原因？如果淑珍不是六小姐，那么这骑楼不是她的,也不是我们的。林裴蕾说完,好像被天花板上的花纹给吸住了,眼珠动了动,目光却没有落下来。

她在等林孔英说,是,还是,不是。

她们站得很近,能看到彼此鼻头上的汗珠,听到彼此,粗重的呼吸声。

楼下响起邮递员的铃铛声,淑珍带着她去老孙那里抓妇科药,一只手牵着她,另一只手,拎着一只保温桶,里面是满满的一盅药膳老鸭汤。她瞥了眼寄来的快递,让林裴蕾把包裹拿回屋子里去。快递单上的名字让她在恍惚的阳光下端详了许久,她纳闷地说,又是唐聪芸,哪个是唐聪芸。

林裴蕾说,哦,是我母亲。

黄穗一走进餐厅,林裴蕾就觉得她今天是别有用心。她穿着血红色衬衣,深蓝色牛仔短裤,像一瓶颜料似的泼在了身上,小小的个子,却背着一个硕大的书包,她的着装古怪,却依然美丽。坐下来之前,她朝她嫣然一笑。

她说,你要跟我说什么,我大概也知道。是你先说,

骑楼　229

还是我先说?

她又抢占了先机,这是怎么回事?林裴蕾忽然之间就感到一阵软弱无力。

又是一阵沉默,黄穗胃口很好地吃了很多片午餐肉,放下筷子,却故弄玄虚地停顿了一下,她脸上的表情,似乎是在权衡自己到底要不要放她一马。

最后,她叹了口气,真奇怪啊,她说,他一会喜欢我,一会喜欢你。她没有露出刻薄的眼神,而是若有所失地望着阿蕾身后一块不知名的阴影,眼睛亮了片刻,低下头说,一切都会忽然间改变的吧?

六小姐看到了那个女婴,淑珍说,林永春前妻的女儿,原来他有个拖油瓶。

然后呢?

六小姐不愿意做后妈,她要连夜赶回骑楼。她喊小六收拾行李,她们走了好长好长的路。六小姐刚走进巷子里,就听到了遍地的流言蜚语,小孩们都跟在她身后,喊她破鞋。

鞋破了的话,是要补一补。一个老头边吮吸着手指头,边说。

小六说，小姐，我们还是回去吧，这骑楼怕是回不去了。淑珍捏起鼻子，换了一种语气和腔调。

一个崔莺莺，一个红娘，物理学博士说。红娘机灵一些，崔莺莺就有点傻。

小六是聪明啊，淑珍的嘴里发出了啧啧的声音，外面狂风大作，台风吹得整排骑楼的窗户噼啪作响，六小姐带着自己贴身的包裹和丫鬟小六，在楼下哭得肝肠寸断，骑楼的门就是不开。小六让门房带话，我们不是空手回来的，我们带了东西。

淑珍说，六小姐扭头就问小六，你拿了那个骗子什么东西？

小六笑了笑，我把林永春为办婚礼养的那只鸡给偷偷带上了，不拿白不拿，他活该。

吱呀一声，骑楼的门就开了。淑珍说完，所有听故事的老头都屏住了呼吸。

开了？物理学博士的嘴边，流下了一长串口水。

那不是很好吗？

我后悔啊。淑珍说。

午饭时间，人群散了，淑珍沉默无语地坐在床沿，一时间，没有人说话。林裴蕾问，她的声音在整个病房的墙壁间内回荡。她说,外婆,你是哪一个?六小姐?还是小六?

淑珍叹了口气,用着一种唱戏般的口吻说,唉,她说,你别逼我,回首往事啊。

恍惚的天光,阿蕾仰起头,阳光都落在她的脸上,她眯起眼睛,对着庄庄笑了一下。庄庄用一个大箱子装好了被子和杂物,架在阿蕾的行李箱上,推出了大学的学生生活园区。他调皮地笑了一下,我们来驾驶它一下,怎么样?阿蕾瞪大了眼睛,你说什么?她还没有反应过来,庄庄和行李箱一起,就从她的眼前滑出去了。

他先踩了一下油门,箱子快速地滑行到减速带的上坡,为了防止前翻、侧翻等各种危机状况,庄庄密切关注着它的平衡。路人纷纷侧目,阿蕾跑在他和箱子的后面,一边跑,一边笑,唉!唉!她笑得说不出话来了……很多人停下来看他们,他们问他,小伙子,你在干什么啊?庄庄只是边点头边笑,一直往前跑。行李箱滑得越来越快,他们两个人都追着箱子跑,行人看着他们笑,那场面有点滑稽。到下坡的时候,庄庄一手抓住了杆子,他一口气也没喘,喊了两声:"瓜子火腿肠矿泉水方便面啊,乘客你腿太粗了收一收啊。"阿蕾捂着肚子坐在了路旁,一仰头,发现庄庄又跑到跟前来了。他看着她,淡淡的眸子里,有一种滚烫的东西。

像着了火一样。

林孔英的眼神,像凶猛的鸟类一样,一眼又一眼地上下打量着阿蕾。她轻蔑地哼了一声,那种声音让阿蕾丝毫都没有成就感,反而觉得很不愉快。"从学校宿舍里面跑出去租房子?同居。你觉得自己挺能干的,是不是?"不是你想的那样,阿蕾想挺直腰板说,不是。但不知怎么的她没有说出口。

孔英叹了口气,看了看窗外,显得挺失落。有些事情不是你想得那么简单,忽然转过脸来,她盯着她,不知道为什么,她觉得她的声音在颤抖。有些事情,是会很奇怪的,她说。

淑珍说,我不知道我收拾行李的时候为什么要带上那只鸡。她痛苦地用双手捂住眼睛,陷入了回忆。

六小姐绚丽的裙摆在大风中如水纹一般飞扬起来,她说,小六,你在干嘛啊?快走吧。她把手放到额头前,

骑楼

抹了一把汗。台风就要来了啊，她说。

乡下的土屋里，厨房的佛龛散发出一种黯淡的光芒。佛的眼睛，有一半在发亮，另一半，隐没在石头墙壁的阴影里，小六盯着它们，忽然之间，觉得自己迈不开步子了。观音，长发飘飘，却目光如炬。六小姐是个虔诚的信徒，她曾经对小六说，你知道吗？观音看上去是个女的，实际上，却是不男不女。小六背着个大口袋，仰起头，伸长脖子，踮起脚，想要看清楚佛的模样，一只鸡忽然就从佛龛下面的稻草堆里钻出来，从她的胯下钻过去，飞跑起来，羽毛扑棱棱地往下掉，一头撞在了炉子旁边。小六愣了几秒钟，条件反射似的冲过去，一把抓住了它。

麻利地把鸡塞进口袋前，鬼使神差，小六又回头看了一眼佛的眼睛。台风将至，云彩的移动引起光影的变幻，佛的目光慢慢清晰，但变得古怪。冷静幽远，带着一种淡淡的悲伤。很多年后，开始信佛的小六才明白过来，那是一种命运的召唤。

淑珍说，回到骑楼的那天晚上，鸡被烧了吃。颤颤巍巍的林老板躺在床上喊，要白斩、白斩，鸡皮弹一点。小六三下五除二就吃完了自己的那块肉，用牙签挑着牙缝，倚靠着，看六小姐慢吞吞地嚼。忽然间，小六看着六小姐水汪汪的大眼睛，灵机一动，想起个笑话。她说，你注意到林永春那双老鼠眼没有，太小了，像条缝似的。她翻了翻自己的眼皮，用一根白白的指尖指着，看到没有？她说，人家是双眼皮，他是老褶子。

六小姐笑了笑，就这么一笑，鸡骨头就进了喉咙。

林裴蕾看不到小六的眼睛。五十年后，小六变成个痴呆的老太太，眼睛、脸和手都长满了密密麻麻的褶子。她的整个身体都被揉皱了，因为痛苦而剧烈地抖动起来。淑珍说，我这几天每天都见到她，我一闭上眼睛，就看见六小姐的尸体，像一件行李似的，被放在板车上，推出了骑楼。

一闭上眼睛，林裴蕾就看见自己摸着骑楼的楼梯扶手，慢慢地往上爬。站在楼梯的顶端，体形消瘦的六小姐看着她，脸上有一种真切的忧伤，像一片淡淡的月光撒在身上。她说，快走吧，快走吧，不要回头。林裴蕾却忍不住好奇，她回了头，在转角处的那扇大镜子里，只留下一道银白色的光。再看过去，六小姐就不见了。

林裴蕾失眠起身，她发现楼下的灯没有关。林孔英呆呆地坐在客厅里，桌上是那本唐聪芸的日记。

"佛家说随顺因缘。爱情恨意，生死流转，渺渺冥冥之中，不知是谁在何处栽下了最初的种子。而因缘也总有散去的那一天，佛家称为寂称为灭。一定要强留住不能留的东西，想用一把枷锁把自己和所爱的人死死套住，又有什么用？徒然困住自己的心使它苍白枯死，不如让一切随风散去。"唐聪芸在旁边写，"我也不必伤心"。

林裴蕾走过去，把骑楼二楼的窗户打开，风簌簌地灌进来，她们俩看着对方，额间的碎发纷乱如群鸟飞翔。林裴蕾说，庄庄是研究庄子的，我和他认识很久了，真奇怪，我却一点儿也不了解他。说到庄子，其实，我只读过一篇《逍遥游》。

林孔英的嘴唇像触了电似的，一直在不停地抽搐。她喃喃低语似的说，阿蕾，我可能对不起你……

林裴蕾说，让我来背背看？奇怪，真是奇怪，我为什么一个字都想不起来。她又说，你做了什么，对不起我？你没有对不起我。

淑珍说，我对不起的人只有一个，对不起我的人却有很多。

淑珍一边吃肉，另一边，汁水从她的口角上往下涎，她不去擦，眯着眼，像是在笑，但也不太像。阳光照在她蓬松的银白色头发上，像一个黄昏光芒中耀眼的鸟窝。她说，我不知道我为什么那么糊涂。

小六哭了，我不能嫁给这么一个人，她说，长得丑，就算了，还有个拖油瓶。我才十六岁，嫁给他，我这辈子就完了。

饿得面黄肌瘦的林老板，看起来并不大伤心。没有哭，眯起眼睛想着什么，神情有些微妙的变化。他说，小六啊，你也不想想，如果饿死了，后面的故事就都结束了。你代替六小姐去嫁，以后常拿东西接济我们家一下，以后我死了，我保证，这骑楼就是你的。

他把一张略微有些口臭的老嘴凑到了她的耳朵边，小六啊，你自己想想看吧。吃食和骑楼，还是要饿死？

小六的心思动了动，但她瞥了瞥小嘴，转了转眼珠子，嘀了两滴楚楚可怜的泪水，仍然说，我不要嫁给他。

林老板苦口婆心地说，小六啊，你知不知道，我百年之后，这骑楼就是个建筑古董了，是要价值连城的啊。

小六抬起头，漫不经心地看了一眼挂满蜘蛛网的天花板，蒙满灰尘的镜子，映照出她粉红色稚嫩的脸庞。

我不知道，她说。

林老板叹了口气，那你，总知道肚子饿吧。

又一次，林裴蕾看到了六小姐，在镜子里，隐身在宝蓝色的月光中，她的脸呈现出一种复杂的苍白和痛苦。她用一种虚弱而空洞的语气说，走啊，她说，快走吧。阿蕾茫然地问她，我要走到哪里去呢？她说，走就对了。

淑珍说，我要走了。淑珍一只手扶住窗框，半个身子探在窗户外面，乱发在风中如群鸟飞翔，她黯淡的眼珠子，慢慢地变得闪闪发光。她说，你听，你听啊，她整齐地跺着小碎步，兴奋的呼声引来了好奇的病友。他们团团围在了她的门口。你在干嘛啊？他们七嘴八舌地问她。淑珍摸了摸最靠近她的老头的谢顶脑袋，用一种唱歌儿般的声音说，我要走了。远处传来风铃般的声音，物理学博士从人群中往前挤，他显得很焦躁，他说，我预测台风就要来了。

林裴蕾在收衣服，她把衣架全部扔在了床上。她说，不用预测了，刚刚天气预报都已经播过了。一群神经病，她暗自想，她不知道她为什么还要留在这里。她看了看淑珍，她的脸忽然之间开始变得模糊，像一个旋转的漩涡。有时候她分不清楚,这是在现实里,还是在她失眠多梦的夜里。

黄穗的语气淡淡的,她咬了咬自己彩色的指甲,猛地吸进一口冰可乐,反胃似的又回胀了一口气。忽然间,她咧开嘴笑了笑,一切都会忽然间改变的吧?她说。

说完这句话后,不到一个月,他们毕业,黄穗就以麻利的速度,从他们三人之前所熟悉的生活里彻底消失了。她去了英国的孔子学院工作,每天在朋友圈里和金发碧眼的帅哥合影。他们没有再提起黄穗,可是林裴蕾始终有一种古怪的感觉,觉得黄穗像鬼一样,就存在于他们之间。

结完婚回到骑楼,庄庄发现了林裴蕾异于常人的忧郁。甜蜜的新婚之夜,亲热完,早晨醒过来,庄庄发现林裴蕾坐在窗前哭泣。她转过脸来,眼睛里布满血丝,嘴唇上呈现出一种诡异的苍青色。庄庄吃惊地问她,阿蕾,你怎么了?是不是痛?林裴蕾摇摇头,抹了一把眼泪,望向窗外微微发蓝的明亮天色,她说,我好像听到什么奇怪的声音?是不是风铃在响?庄庄用手扶着她的肩膀,阿蕾,你没睡醒吗?林裴蕾的眼里噙着泪珠,她用一种多情而温柔的声音喃喃自语，我不知道，我不知道我为什么难过，如果有一天你不喜欢我了怎么办。如果有一天，这些都是假的……

什么真的假的？庄庄感到了一丝恐惧，阿蕾你在说什么。

林裴蕾得到了她心爱的男孩。可是她觉得自己仿佛从来没有得到过他。她喜欢庄庄身体的味道，当他洗完澡，爬到她身上，她闻到一阵淡淡的洗澡水味，她抱着他，他也抱着她，他笨拙地进入她的身体，疼痛来袭，她仰头望着天花板，忽然之间不可抑止地颤抖起来，泪珠滚落，她用尖尖的指甲去抓他的脸，先是抓，然后是抠，他惊骇万分地看着她，她因为痛苦而发出一阵凄厉的叫声，响彻了整个骑楼的屋顶。他惊恐地问她，阿蕾，你怎么了？几秒钟之内响起了淑珍的敲门声，她噼里啪啦地敲打着婚房的房门，用一种淡定自若的语气说，阿蕾啊，你怎么了？开开门，开开门。

阿蕾哭着说，对不起庄庄。庄庄紧紧地抓住她的两只手臂，你到底怎么了？阿蕾红肿着双眼，她刨根究底似的盯着他，我总是觉得很害怕，庄庄，你是在亲我，还是在亲别人？庄庄吃惊地后退了一步，什么别人？黄穗，她一字一句地念出这个名字，缓缓地望向庄庄的身后，眼神变得凄厉而空洞。你是不是，她说，一直把我想象成黄穗？庄庄的脸色发白，他难以置信地摇了摇头，仿佛不敢相信眼前的场景。过了一会儿，他说，你神经病吧。

林裴蕾阴阴地说，外婆，你是不是神经病？淑珍笑嘻嘻地拍着自己的大腿，可能有一点吧，她说。阿蕾说，你对不起的人不止一个吧。淑珍神色烦恼地摇了摇头，她说，你在说什么啊？我什么都不记得了。

清濛的梅雨季节，窗户蒙上了一层淡淡的水雾。老孙闪进淑珍的房间里灭白蚁，阿蕾看到淑珍和老孙在骑楼窗户上的影子，想着，那就像清濛民间曾经盛行的皮影戏一样。有一次，阿蕾又溜到厕所，从两块砖头间的缝隙往里看，却发现身后，两扇脆弱的木门空隙间，露出了老孙的一只眼睛。他上身穿着汗衫，下身是夏天的大裤衩，没有一丝慌乱，而是嬉皮笑脸地看着她。他说，怎么，你在看什么？

林裴蕾发现自己的身体在不可抑止地发抖。她不知道是因为恐惧，还是带有一丝复仇快意的兴奋，她故意说，骑楼里有女鬼，你不知道么？

等她意识到发生了什么，一切都已经太晚。老孙的手在她幼小的身体上抓来抓去，留下一些或深或浅的暗红色伤痕，一整个夏天，阿蕾觉得自己的下身常伴有古怪而剧烈的灼热疼痛。成年后的林裴蕾，稍有不慎陷入回忆，就会有一种掉进冰窟般的绝望感。她感觉到，自己在一片陌生的水域上漂浮，骑楼古老的木框边镜子，映照出老孙蠕动而丑陋的裸露身体，还有林裴蕾的一双茫然懵懂的大眼睛。是猫，她想，房梁上常有猫悠然自得地踱步，俯视着她，懒洋洋地，神情冷漠，身材肥胖。持续的疼痛中，目光向下流转，窗户上又出现了两个人影。是一个小女孩，和一个老头么？不是，恍惚中她看到两个少女，手拉着手，在凄楚地往前赶路。一个瘦削，一个丰满。一个把头发高高地盘起来，另一个，扎着两条小辫子。一个愁眉苦脸，一个则显得兴高采烈。

你为什么不早说？淑珍的身体沿着扶手一寸一寸往下滑，最终跌落在楼梯上。你为什么……她没有说完，但是那尖利的嗓门,仿佛在骑楼的屋顶上瞬时炸开了灿烂的花朵。她仰头闭了一会儿眼睛,忽然又睁开了,阿蕾,她问她,目光变得浑浊而毫无波澜,你是不是恨我?

林裴蕾昂起头,她的脸一阵红一阵白,阴部,她哆哆嗦嗦地说。说完这个她就闭了嘴,没有勇气再诘问自己了。

林裴蕾从噩梦中猛地惊醒过来,她想,一个是崔莺莺,一个是红娘啊。那她自己呢?她是崔莺莺,还是红娘?她想,她不能就这么不明不白地离了婚。她每天辗转反侧难以入睡,不如去找庄庄问个清楚。

傍晚的夜色中,她匆匆离开骑楼,无意间回头张望,感觉到一种诡异的陌生感。从十岁整搬进骑楼,不知不觉,她已经在这里生活了近十五年。她想,她也不是非待在这里不可,为什么她从没有想过离开?林孔英是个有钱的女人,她可以在清濛任何一块地皮上买房子,为什么她们母女一定要住在骑楼里?

唯一至死都不肯走的人只有淑珍。她衰老的手,像苍鹰的爪子一般死死地抠住骑楼的栏杆。她幽幽地说,我爸爸昨天晚上托梦给我了,他让我哪儿也不要去,守着他留下来的骑楼。不,林裴蕾想,现在该改口叫林老板了。

林裴蕾掀开门帘,俯身进入庄庄昏暗的临时出租屋内,感到恍恍惚惚,一切都是陌生的。晚饭时分,菜都烧好了,庄庄却没有在吃。桌上摆着两副碗筷,他托着腮枯坐,很显然是在等人。林裴蕾低头扫了一眼,都是黄穗爱吃的菜,尽管她早有准备,心还是抽搐般绞痛了一下。庄庄冷漠地盯着她,他甚至没有开口问她要不要一起吃,他只是淡淡地说,你为什么不打个电话就过来?

她看到了他眼里一闪而过的嫌恶,她感觉自己又要开始发抖,拼命按捺住了。她说,怎么,我妨碍你们了吗?她想说些难听的话,但从侧面的镜子里,看到自己不争气的嘴唇已经开始颤抖。庄庄一声不吭,他的沉默让她愈发绝望。法律上庄庄还是她的丈夫,但如今,她仿佛闯进了一块全然陌生的领域。

她冷笑一声,我们之间什么时候变成这样,没有人愿意说话了?她自顾自地说,好,你不说,那我来说。

庄庄却忽然之间深重地叹了一口气,他说,你放过我吧,阿蕾。

　　门铃响起来的时候,她愣了愣神。那声音短促而清脆,实在像极了梦里的风铃声,直到有客人用胳膊肘捅了捅她,她才起身去开门。黄穗冷不丁地出现在门口,她的第一反应是回头去看庄庄,庄庄的神色很平静,刹时间一种奇异而准确的预感揪住了她的喉咙。黄穗穿着一件阴丹士林的淡蓝色旗袍,发髻盘得很高,和往日一样,显现出一种意外而古怪的美丽。她自顾自地走了进来,脱下高跟鞋,露出一双白皙的小脚,自己动手把地上的拖鞋全部试了一遍,然后对着林裴蕾无辜地笑了,你没有想到我会回来吗?她用一种异常欢快的语气说,你都没有为我准备合适的拖鞋啊。

　　整个中秋宴林裴蕾都显得心不在焉。饭桌上坐满了庄庄在大学里教的学生,他们的新朋友,久违的老朋友,无一例外,大家都很喜欢初来乍到的黄穗。林裴蕾听着桌上餐具的敲击声,感觉到自己内心焦灼的烦躁与不安。她无意识地抓起一把椒盐花生,没有吃,却拼命地揉搓它,表面的一层小晶体全部撒在了她的大腿上。她想起他们毕业那一年，几个朋友，在学校里的草地上宿醉，黄穗喝了很多酒，她醉倒在庄庄的怀里，圆圆的眼睛里狂热而迷乱。她逢人就说，你们看我的胸多么小，以后我老公多可怜，都没有胸可以摸。大家都笑了，他们说，黄穗，你能不能不要这么可爱啊。

庄庄举起一个手电筒，把它顶到了下巴下面，照出变形了的五官，醉醺醺的所有人又笑成了一片。林裴蕾不会喝酒，她喝的是可乐，她抿了一口可乐，内心的感受很复杂。此时此刻，她盯着窗户外陌生的月亮，眯眼看着这一群陌生的吵闹的人群，觉得这个世界荒诞无比。她恍惚间明白了，她既不是被这两个人，也不是被这一群人所抛弃。抛弃她的，是某种更为强大的东西。

现在，庄庄就坐在她的面前，安静得令人绝望。她忽然想起唐聪芸在日记里写，如果怀抱一个更大的疑问，就不会过分纠结于自身的疑问。那个只在日记里存在过的林孔英，对她来说，同样也是个疑问。当年，林孔英靠在骑楼的门板上，冷冰冰地盯着她看。她说，他很简单，我就让你嫁给他，那是开玩笑的。这么简单的人，其实不适合你。再说了，谁知道他是个什么样的人？她反问她，你知道吗？下一秒，林裴蕾语塞了。林孔英没说同意，也没说不同意。淑珍边嗑瓜子边在旁边添油加醋，阿蕾，不对劲啊，我总觉得哪里怪怪的。

庄庄变瘦也变黑了，他走过去，"哗"地一下把窗帘全部拉开。转过身，有那么一些片刻，光蒙住了他的眼睛，他费力地眨了眨，双眼皮翻成了三眼皮，林裴蕾的心一惊，她听见它倏然往下坠落的声音，不自觉地往后挪动了一步。庄庄低下头，想了想，然后他说，如果我们之间的问题很简单，那我们就不会是现在这个样子。我压根就搞不清楚我们之间到底怎么了？你为什么总是那么神经兮兮的，我现在一看到你我就发毛。停顿了一会，他的嗓音变得沙哑了，我真难以相信我们曾经……

什么？林裴蕾木然坐在椅子上，发出了一种奇怪的哼唧声音。有一块阴翳在她的眼前晃动起来，她机械地伸出手想抹掉，却感觉到手臂上有一块地方正变得冰凉。她惊恐地发现自己在哭，想快速地抹去泪水，偶然间瞥到庄庄眼里一丝尴尬和得意。于是她站起身来，拉上窗帘，站在阴影里，抬高了声音说，我只知道，你跟别的女人同居，却不肯在离婚协议书上签字。你和你背后一大家子的穷亲戚在想什么？骑楼，是不是？这个鬼房子，它可太值钱了。可是事情往往就是这么奇怪,你想也想不到,我外婆林淑珍,不是海鲜大亨林老板的后人。她不是小姐,你明白么?她只是个冒牌货。林孔英卖不了骑楼了,这鬼屋子,现在和我们三个女人一点关系也没有了。结束了。说完,发现窗帘被溜进来的晚风,吹开了一道缝隙。晚霞最后的光,逐层黯淡下来,刚刚一番铺天盖地的绚丽,如梦似幻,一下子消逝得了无影踪。结束了,她喃喃低语。

她渐渐开始明白失眠的缘由,回忆和片段,像玻璃碎片钻进她因失眠而整日疼痛的脑壳里,闭上眼,她就会听到诡异的风铃响声。十二岁,林孔英丢下她之后,第一次从广州回清濛,她买了一些礼物,有一串风铃,林裴蕾把它挂在卧室蚊帐的头顶,睡醒的时候,一睁眼就能看到它。在巷子口,她捏了捏自己母亲冷冰冰的手,嘴唇动了动,却没有叫出"妈妈"。晚上,林孔英自顾自地把被子搬到了林裴蕾的床上,于是林裴蕾一动不动地躺着,听着秒针的声音,徒劳无功地数着时间,萧条漫长,无边无际,第一次,她感觉到时间给人带来的恐慌。她和庄庄恋爱的时候,有一次,他们一起坐地铁,半途中，她打了一个盹，醒过来，发现身旁的庄庄已经不见了。慢慢地，她把手伸向喉咙，心里涌起了一股令自己也感觉到讶异的惊惧与绝望。直到庄庄突然间又出现在了车厢的另一头，他像个小男孩似的红着脸，你猜猜看，他说，我跑到哪里去了？当时，她坐在地铁上嘤嘤地就开始哭泣，庄庄慌乱得六神无主，一车厢的乘客都捂着嘴笑。当天晚上，在他们同居的小出租屋内，林裴蕾的眼睛里滚动着莫名的泪珠，她的睫毛翻上去又翻了下来，她反反复复地问他，你会不会永远爱我？如果有一天我死了，你还会爱我吗？直到庄庄用一种开玩笑似的语气抚慰她，你神经病啊，阿蕾。

现在她全部想起来了。黄穗走之前，她们在餐厅里吃饭，惴惴不安的林裴蕾看到黄穗眼睛里一闪而过的无名亮光。那是什么，现在她明白了。睡梦中，她的身体不由自主地抖了抖。黄穗盯着梦里的她，用一种极尽哀怨的语气说，一切都会忽然间改变的吧。

她一动不动地躺在那里，觉得自己保持着这个姿势，已经过了好几个小时。缓缓地睁开眼睛，墙上的大镜子里，只映照出她一半的脸。闭上眼，她默不作声地等待了一会儿。不出意料，在梦的最后，淑珍来了。

淑珍梳洗得干干净净，换上了床底下木箱子里一件尘封多年的绛红色旗袍，头发往后盘成了一个髻，那耀眼的鸟窝却不见了。她一屁股坐在了床沿上，捏了捏林裴蕾的脸颊，周身洋溢着一簇温暖柔和的光泽，笑了笑，用一种秘不可宣的神情说，我要走了。

　　外婆。阿蕾坐了起来，她感觉到淑珍的身体，真实的，却像一道光，抓也抓不住，在太阳出现前就会消逝。那个时候，她喘了口气，你知不知道，我会回家偷户口本？

　　那天早上，在门廊那里撞到我，你感觉到了什么？

　　把户口本放在显眼的地方，你是故意的吗？

　　你为什么，从来没有阻止过我。

　　阿蕾。她做了一个噤声的手势，然后把手伸进被褥里，捏了捏她冷冰冰的双脚，幽幽地说，有些事情，你要自己经历过才会明白，别人说什么都没用的。

　　外婆？

　　嗯？

　　如果，我是你亲生的外孙女，你还会给我户口本吗？

　　第二天早晨，林孔英推开了她的房门，惊讶地发现林裴蕾穿戴得整整齐齐，一身漆黑，枯坐在床沿，平静地抬起头看着她，似乎已经等了很久。她没有掩饰住自己的惊诧，用手去摸了摸门把手，才勉强站住。然后她开始说话，语气却是出人意料的冷酷。她说，她死了，你跟我去医院吧。

林裴蕾点点头，她站起来就要走。林孔英吃惊地问她，你手里抓着的是什么东西？

一串风铃。林裴蕾说，我要把它放进淑珍的棺材里。

淑珍从三楼的窗户摔了下去，关于她确凿的死因，众说纷纭。有人说她一时兴起，要自己去收栏杆上的衣服，像个少女似的踮起了脚尖，伸长手臂，一切都是意外，是失足。还有人说，是因为将至未至的台风，淑珍感觉到难以忍受的焦躁不安，于是成日在窗户边晃悠，一时间脑筋糊涂，酿成悲剧，是意外，是失足。只有物理学博士坚称，淑珍很早就预见到了自己的死亡。她是自己跳下去的，他说，她不是死了，只是走了。

淑珍拜了一辈子的佛，葬礼上，林孔英高薪聘请了清濛寺院里最负盛名的僧人来念经超度。经文像纷乱的尘埃，在林裴蕾的耳边环绕。自从淑珍去世，她就再也没有睡着过。她一闭上眼睛,觉得脑袋里像一个巨大的磁场,吸附陈年的记忆碎片,一停止,就充满空荡的回声。

物理学博士对林裴蕾说,我和你外婆淑珍小姐,我们……他说,其实我挺爱她的,爱,你懂吗?

林裴蕾惨淡地笑了笑,她说,我不懂,我什么都不懂。

炎热的正午,淑珍守在窗户口。六小姐对她说,小六,我先睡一会儿,等林永春来了,你再喊我。自行车的脚链子响起,六小姐却解手去了。她探头出去,不偏不倚,林永春正到楼下,他说,"淑珍你怎么不睡午觉?"十六岁的淑珍想也没想就脱口而出,"我在等你啊"。

永春还没有到巷子口,忽然间听到背后有人咳嗽。他回头,淑珍走上前,从身后掏出一个纸包,塞到他手里,拔腿就走,他打开来,里面是一张淑珍的小相。

淑珍累得靠在了墙上,因为饥饿,她的身体已经开始变得浮肿。她对自己的母亲说,我还这么年轻,我不想死,我害怕。她母亲说,只要有东西吃,你就不会死。淑珍的眼睛里,有什么东西闪了一下。她忽然说,妈,我跟六小姐一起嫁过去好不好？她做妻，我做妾。

台风过境，淑珍抱着六小姐的尸体，在屋子里枯坐了三天，等她走出屋子，丰满的身体已经形似枯槁。她坚称屋子里有第三个人，她指了指佛龛，哆哆嗦嗦地说，她，她一直盯着我看呢。

葬礼结束后，林裴蕾对林孔英说，今天早上，我看到淑珍了。她让我转告你，当年她没有把你推进池塘，你是自己掉下去的。

她以为林孔英会说，你是不是神经出问题了，我从来不信鬼神。

结果林孔英看了看她，舔了舔干燥的嘴唇，慢吞吞地说，我知道的，今早我也看到她了。

一股奇怪的气息从两人之间穿过，她们俩面面相觑地站了一会儿，咬紧牙关。再多沉默一会儿，谎言就会变成真的。

清濛市文物保护单位的专家来了一趟骑楼，他们对这幢古老而精妙的建筑赞不绝口。临走前，他们委婉地问林孔英，林老太太在养老院里说的故事是真的，还是假的？什么真的，假的？林孔英沉默了一会儿，抬起头仰望着骑楼的天花板，稍不留神，它就会变成一个巨大的旋转漩涡，像一股风暴，盯住，稍久，人的神情都变得迷离恍惚。她用一种索然平淡的语气说，假作真时真亦假，你们不懂么？几个专家互相交换了眼神，点点头，无意中求助似的看了看林裴蕾。林裴蕾边点头，边转过脸来，在人群对面的镜子里，看到自己年轻的脸庞，绽放出如晚霞般璀璨绚丽的笑容。她补充说，任何事情都有自己的因果链，你们不懂么？

　　林裴蕾知道淑珍从此将常驻骑楼，在她死后的第三天，台风来了。力量强劲的飓风，吹起了清濛每一座古老骑楼的瓦片，吹起了街上驻足未归的女人的裙摆，幻化成一朵巨大的旋转的乌云，雨珠纷纷扬扬，林孔英神情恍惚地站在骑楼的门廊里，仰目张望，久久沉默不语。自从淑珍死后，她就常有如此仿若灵魂出窍的时刻。忽然之间，她高声叫喊，林裴蕾我听到二楼的窗户在响，你快去把它们都关了。阿蕾闻声而上，摸着楼梯的扶手慢慢地爬，愣住了，窗栓全部都是插牢的，但声音仍然持续不断。她闭上眼睛，在连日失眠的困倦中努力辨别声音的源头，然后缓缓地走过去，推开了淑珍的房门，俯下身，往床底下细细窥望，刚开始，是一片漆黑，慢慢地，微风轻拂。骑楼年久失修，她默数三下，果然，风力一大，窗栓噼里啪啦被吹开，风没有退缩，耳边的轻抚很快变成撞击，有什么东西刮擦着她的眼睛、鼻子、脸颊，从床底下飞出来，在空中曼妙地高速旋转，然后一扭身，朝窗外飞去。她看到几张揉皱的旧稿纸，几张变色的旧相片，一些拆过的旧信封，伸手去抓，却什么也没有抓住，才明白如果不关牢窗户、止住大风，一切都将是徒劳无功。她看着它们毅然决然地远去，宛若四散纷飞的蝴蝶，从床底下扑簌着沾满灰尘的翅膀，绚丽缤纷，周身笼罩着奇异的美妙颜色，却朝生暮死，美丽而短暂。像小时候一样，她多情地落下几滴泪，然后清晰地辨认出了风铃的声音。奇怪，这一切，是在现实还是在梦里？

　　淑珍说，哪有什么鬼啊，是我。